夜と霧

北 杜 夫 著

新 潮 社 版

1592

目次

夜と霧の隅で

岩尾根にて

その岩場は、遠くから私の目を惹《ひ》いた。鼠色《ねずみいろ》の岩の肌《はだ》はところどころ青みがかり、そこに、横から切れこむように幅狭いチムニーが走っていた。

登山路から大分離れて、殊《こと》さら岩質を調べにきたりするのは、若い時分に養われた習性に近いものがある。それに私はここ数年、岩らしい岩に接していなかった。つづけて二人の、同じザイルに繋《つなが》った仲間を失って以来、強《し》いて山から遠ざかっていたのである。

山の側面に広がった岩場の、突起や亀裂《きれつ》や庇岩《ひさしいわ》を久方ぶりに目で追いながら、石の破片が散乱しているチムニーの根元にたどりついた頃《ころ》には、すでに巨大な岩塊の妖《あや》しい魅力が私を捉《とら》えていたらしい。薄暗いチムニーの内壁の岩は湿っていて、だが初めの予想より足場や手懸りに不足はなさそうだ。見上げると、絶壁に刻みつけられた巨大な溝《みぞ》は、次第に狭まりながら中途で折曲って消えている。遠望したときの目算では、チムニーを抜けきる前にトラバースする所が一カ所。そこから草地と岩との半々の場所があり、更におしかぶさるように直立した岩壁に続いている。たとえハーケンが使えるとしても、果してあそこは登攀《とうはん》可能か？　勿論《もちろん》それも、ザイル技術をわきまえた仲間がいての話だ。いま私は一人だし、なんの用意もない。

雪のくる前、山はふしぎに明るくなるものだ。澄みきった秋空の下で、重なりあった岩々は乾燥し、ひときわ陰影と重量感を増してくる。しかし、その日は雲が低くたれていた。見上げる岩峰は灰色の空に半ば頭をさしいれ、湿っぽさに軀《み》をひきしめているように見えた。しばらく佇《たたず》んでいるあいだにも、灰一色の曇天と、荒涼とした岩の冷気が肌にふれ、身体《からだ》の熱をしずかに奪ってゆく。

やがて、私は岩壁の下から離れ、崩れおちた岩の細片の上を、元きたほうへ辿《たど》りはじめた。見下ろす谿間《たにま》は、岩の色も冷く、這松《はいまつ》の色にも生気がなかった。鳥の啼声《なきごえ》も起らず、なに一つ動かない。と、私の目の前を、小さな黒いものがふわっと横ぎり、足元の石にとまった。一匹の黒蠅《くろばえ》であった。

中部地方の三千メートル級の高山にも蠅は多い。平地にいるクロバエとべつに変った種類ではないが、もっと大きく、もっと不潔に見える。お花畠《はなばたけ》にも必ず見うけられるし、峨々《がが》とした山巓《さんてん》に休んでいてもすぐにやってくる。彼らは我々の後をどこまでも追ってくる下界の使者なのかも知れぬ。

その蠅は、石の上を一センチほどのろのろといざり、ちょっと肢《あし》をこすりあわせ、けだるそうに飛び立った。不快な羽音が私の耳に聞え、それから、世界はふたたび静まりかえった。あとには、沈んだ色合の岩の群と、雪におおわれる直前の黒ずんだ這松のつらなりがあるばかりである。

私はまた数歩すすんだ。重い登山靴《とざんぐつ》がもろい岩をふみつけ、幾つかの小石が崩れおちた。すると、すぐ下方から二つ三つの蠅が舞いたった。ふわりと飛びたって、しばらく宙を漂い、そして姿を消した。なにかものうげな飛び方、寒気にちぢこまったような動作である。私は別に気にもとめなかった。這松の海を避け、右手に立ちはだかった岩を迂回《うかい》して、さきほどまで辿っていた登山路に引返すつもりだった。どんなに背が低そうに見えても、山腹の這松の中に踏みこむことは禁物だからだ。

また蠅がいた。何匹も這松の葉や足許《あしもと》の石にしがみついている。私が進むと、彼等《かれら》はだるそうに飛びあがり、すぐに舞いおりた。その数が一歩すすむごとに増える。私は、冷くひきしまった空気のなかに、一種の匂《にお》いがまじっているのに気がついた。木の実の醗酵《はっこう》するのに似た匂いである。ふいに、四、五メートル先の這松の茂みから、想像を絶した数限りない蠅の群がわきたった。黒い生臭い雲が、いきなり地表から立ちのぼったかに思われ、底ごもりした唸《うな》りと共に、その雲は上下にゆれ、左右にひろがり、やがて一匹一匹の蠅の姿が見わけられ、大部分は元の場所に舞いおりたが、幾匹かは私の衣服にもとまった。ゆすったくらいでは飛びたたない。さきほどの匂いが、だしぬけに強く鼻をついた。強まってみると嫌《いや》な臭気である。と思ううちにそれは消え、もう私の嗅覚《きゅうかく》には何も伝わってこなかった。私は横のほうへ動いた。また蝿の雲がわきたち、四方に揺れ、元の場所に集って消えた。重苦しい羽音は、すっかり彼らが見えなくなったあとまでつづいた。

私は腰をかがめ、蝿の舞いおりたあたり、這松の幹が重なっているなかに変った色合のものを見つけだした。胡麻粒《ごまつぶ》のように蝿がたかっている白っぽい布地、それから裏底をこちらに向けた靴、——人間の足にちがいなかった。あとの部分がどうなっているかはわからない。私は反射的に二、三歩とびさがり、足許の石がくずれ、むこうでは蝿の群がとびたった。なお私は何歩か後ずさりし、小さな、生臭い、羽のある黒い生物が空中から消えるのを待った。

やがて静寂が、見渡すかぎりの岩と這松の世界を支配した。私の鼓動だけが、頑《がん》丈《じょう》な靴をはいた足に伝わり、踏みしめている岩に伝わった。

私はそろそろと反対のほうに歩きだした。ずっと下方の谿間、灌木林《かんぼくりん》のあたりに鳥影らしいものが浮んですぐに見えなくなった。それきりである。なんの物音もしない。

私は石を一つ拾い、さっきの場所を目がけて投げた。黒い雲がたしかに湧《わ》き立つのが見えた。彼等の羽音はここまでは伝わってこない。が、その不快な感じだけは、はっきりと私の耳を打った。私は二つ三つの小石を拾い、今度は別の方角にむかって出鱈《でたら》目《め》に投げた。反応はない。一つだけが岩にあたり、確実な響きを残して宙にはねかえり、斜面を蔽《おお》った這松の海に音もなく呑《の》みこまれていった。

私は背のルックザックをゆりあげ、その重さを確めた。身体のむきを変え、足場を探りながら歩きはじめた。

元の登山路にたどりついてからも、なにか漠然《ばくぜん》とした知覚が私を取りまいているにすぎなかった。厖大《ぼうだい》な岩山の立体感が、ちっぽけな感情の動きなどは呑みこんでしまうのかも知れぬ。私は足元に目を落し、せかせかと歩いた。十五分ほども歩いてから、道端にザックをおろし、そのわきに腰を下ろした。極めて生理的な空腹を覚え、ベーコンの塊りを取りだし、ナイフで切りとった薄い脂身《あぶらみ》を口にほうりこんだ。最後に残った脂肪の繊維が胸をむかつかせたので、指でつまんで捨て、アルミニウムの蓋《ふた》についだウイスキーを飲みくだした。私は二、三日の山旅ならベーコンとウイスキーだけで過す習慣である。機械的にもう一切ベーコンを切りとったが、口にする気になれず、白い脂身を見るのも嫌で、紙にくるんでルックザックに蔵《しま》いこんだ。その代り、私は何杯か立続けにウイスキーを飲んだ。疲労と稀薄《きはく》な空気のため、酔が急速に体内に沁《し》みとおってゆくのを感じた。

すでに屍体《したい》のころがっていた這松の辺りは見えず、チムニーの上部は角度を変えてずっと凡庸に見えるにすぎない。だが、その上方に続く岩場は、以前よりも露《あら》わに、真向から垂直に切りたっている。ここからは見えぬが、その背後が山頂の筈《はず》であった。登山路は大きく迂回しながら、絶壁を避けて這松の間をうねうねと続いているのである。

舌先に快い刺戟《しげき》を覚えながら、私は呆《ほう》けたようにウイスキーを嘗《な》めた。ときどき腕時計に耳をつけ、かすかな響きが着実に時を刻んでいるのに聞きいった。

私の意識は極度に狭まっていたから、そのとき、あの垂直の岩場にとりついている人影を発見できたのは、全くの偶然といってよい。もとより最初は、一匹の虫が石の塀《へい》に貼《は》りついているくらいにしか思われなかった。しかし石の塀が風化に荒だった岩壁であり、虫けらが確かに人間だと知れたとき、もし酔が奇妙に心を冷静にしていなかったとしたら、私は声をあげていたかもわからない。

私はルックザックから常々鳥を観察するための双眼鏡を取りだし、焦点を合せた。丸い視野の中に、ぎざぎざの、凄味《すごみ》のある岩肌が現われ、そこに、股《また》をやや広めに、べったりと吸いついている男がいた。ザイルにつながれている様子もなく、背にはかなり大型のザックを背おったままだ。気ちがいわざだ、と私は思った。髪の乱れた頭だけが右左に動いているのがわかる。時が過ぎてゆき、私は双眼鏡を持ちなおし、視野のなかの小さな頭がゆらいでいるのを注視した。男は塀に吸いつくヤモリそっくりに微動だもしない。やがて、じりじりと左足が持ちあげられ、はだしの爪先《つまさき》が足場を探っているのがわかった。左足の動きが終ると、右手が左手のホールドへ行き、左手が限りなくのろのろと肩幅ほど左方に移り、男の身体は奇術のように半メートルほど上方にのしあがった。それから長い休止。

私には相手の鼓動までが聞きとれるようで、覗《のぞ》いているのが苦痛だった。四メートルほど上がテラスになっているのがわかるが、岩全体がオーバーハングしているように見え、やめろ、やめろと、私は心のなかで呟《つぶや》いていた。しかし、ふたたび男は動きはじめた。気味わるいほどじりじりと移動してゆく。私は目を離していた。何分かたち、見ると、テラスまであと一メートルの場所に人影がいた。どうしてそれだけ早く動けたのか私にはわからない。そこで止ってしまった。足も、胴体も、頭も、左右にひろげられた腕も全く動かない。いや、右手だけが上方を探っている。そろそろと岩を這い、手がかりを求め、ついに求められず、そろそろとそれが引っこめられ、元のホールドに返った。ながい静止のあと、もう一度同じ試みがなされ、同じように彼はやめた。今度は男は別のことをやった。膝《ひざ》が曲げられ、身体がちぢこまり、それから真直《まっすぐ》に上方に伸ばされた。と、ねじくれた身体がふわりと浮き、岩から離れるように見えた。私は目をそむけた。嘗《かつ》て私はこの耳で仲間の肉体が岩と共に落下してひしゃげる音を聞いたことがあるのだ。——一秒たち、二秒がたった。私はなお数十秒を、数分を待った。首をあげて絶壁を見ると、人影はまだそこにくっついていた。双眼鏡で覗くと、身体をテラスに引上げるところで、上半身は見えず、無声映画のようにズボンからでた跣足《はだし》の足がゆらいでいた。

男はテラスのうえに立上ったが、その動作は少なからず異様だった。私は彼がへばりきっているのかとも思った。しかし彼は、二、三歩ふらふらと右に動き、左に動き、休むでもなく、上の岩を調べるでもなく、ぼんやりと佇み、それからいきなり岩にとりついた。テラスから絶壁の頂きまでは傾斜もゆるそうで、突出の多い岩からできていたが、それにしても彼の登り方は尋常ではなかった。岩を攀《よじ》るには一定のリズムがあるものだが、彼のリズムは人間のそれよりももっと動物的な、生と死とがずっと単純化している下等動物のそれを思わせるところがあった。いつか私は自分の目が信じられなくなり、双眼鏡を離して肉眼で見た。その方が気が楽で、石塀をよじてゆくダニかなにかを見ているのと大差がなかった。ぽつんとした影が絶壁の上に消えてしまうと、私は足許にころがっているアルミニウムの蓋を取りあげ、ハンカチで付着した砂粒を丁寧にぬぐいさり、ウイスキーをそそいだ。高山では酔い易《やす》い。普段の私なら決してそんな真似《まね》はしなかったろう。

二時間ばかりのち、私は岩ばかり重なりあった山頂にいた。向こう側に口をあけた谿間から吹きあげてくる冷い風が、急速に私の肌から汗と熱を奪い、セーターをだして着こんでも寒いくらいだ。私は岩かげに坐《すわ》り、残っていたウイスキーの最後の一杯を飲んだ。

雲の低いわりに視界がひらけていた。岩の尾根はうねりながら低まり、盛りあがり、鋸歯《きょし》に似た凹凸《おうとつ》を見せながら他の尾根へと続いている。峰々はそれぞれ胸郭をさらけだして立ちはだかる巨人だったし、なだれている岩の破片は絶間ない風化に痛めつけられた露わな皮膚だった。風が凄《すさま》じい音を立て、私の坐っている岩峰をゆすぶるような勢いですぎる。

ようやく私はザックを背おい、かたわらのケルンの上に手頃な平たい石を一つ載せてから歩きだした。尾根はいくつかに別れ、しばしば私はケルンを探すために立止り、そのたびに耳たぶをかすめてゆくむせぶような風音を聞いた。片側の谿間では、灌木の枝や這松の海がうねるのが見える。だがもう一方の谿間は、さきほど私が登ってきたときと同様、しずまりかえっていた。風はこの岩尾根を境にして、灰一色の空に吸いこまれてしまうもののようだ。足許からの風をうけながら、私は蹌踉《そうろう》と歩いた。不思議な気持で、覚めきらぬ夢のなかとか、或《ある》いは麻薬でも用いたときに、こんな状態を味うのかも知れない。なるほど私は両側の谿間を一目で見渡すことのできる剣の刃わたりのような尾根道を辿っているのだったが、同時に這松の中に横たわって蠅にたかられてもいたし、一枚岩にとりついて手懸りを捜してもいた。それはいくらかは違った状態だったし、それどころかたいへんかけ離れた存在だったかも知れないが、その差異がゆらぎ、霧のように溶け、重なりあい、一つの私になった。それは漠然とした私で、夢遊病のように歩き、或《あ》るときは揺れる岩で、這松で、灰色の雲で、やはり私で、びっしりと蠅にたかられて動かず、宙にぶらさがりながらオーバーハングした岩がどうしても越えられず、風の音がきこえ、やっぱりふらふら歩いていた。

と、彼方《かなた》に、思いがけず人影が見えた。径《みち》は砂まじりに降《くだ》りになり、円い頂きをもつ小峰を横まきにして、ビヴァークができるくらいのちょっとした平らに続いている。そこに、一人の男が岩に腰をかけていた。うつむき加減に、遠目にも虚脱したような様子である。なんだか私という人間が分化して、そこに坐っているかのようだった。近づくと、三十歳ちかくの、つまり私と同じ年配の男で、ヤッケを着こみ、足許にはピッケルをさしたキスリングと、火のついているコッフェルがあった。彼はのろのろと頭をもたげて私を見た。海底に棲《す》む下等動物が外界の事象に徐々に反応するような緩慢さであった。

「こんにちは」と男が言った。果して彼が唇《くちびる》を動かしたかどうか私にはわからない。が、とにかく私はそういう言葉を聞いたのである。

「こんにちは」と私も言った。

私は山で挨拶《あいさつ》をされるのも、まして言葉を交すのも好まない。だがそのとき私は、あやつられたように、腰を下ろしている男の前に立ち、沸騰《ふっとう》しているコッフェルを見た。

「一杯どうです」と、緩慢な口調で男が言った。痩《や》せた、血色のない顔で、どこを見ているのかわからぬどんよりした目つきである。

私はうなずき、傍《かたわ》らの岩に腰をかけ、熱いコーヒーをアルマイトのコップに注《つ》いで貰《もら》った。彼は汚れた軍隊手袋を丸めてコッフェルをもち、少しつぎかけてそのまま手を休め、なにか傍《そば》のほうを注視して十秒ほども考えこんでいたが、やがて我に帰った様子でコップになみなみとついでくれた。その、妙にぎくしゃくした手つきを眺《なが》めていると、なぜか夢でも見ているような、果してこれが現実の事柄《ことがら》であるのかどうか疑われるような気分が襲ってくるのだった。だが、黒い液体からはこの世ならぬ香しい湯気がたち、合金の容器はハンカチを通しても持ちかえねばいられぬほど熱かった。

「ありがとう」と私は言った。

相手にはその声が聞えたかどうかわからない。自分のコップから一口すすったきり、無表情になにか考えこんでいるようだ。

「おいしいですね」だしぬけに、男が言った。

「ええ」と、私は曖昧《あいまい》にこたえた。言いながらも、あんがい、このコーヒーを作ったのは私ではないかという錯覚がこみあげてもきた。

男はヤッケの首元の紐《ひも》をゆるめ、黙念と傍らを見つめている。厚ぼったい幅広のズボンをはいていて、膝の部分がかなり痛んでいる。足には古びてはいるが、がっしりした登山靴をはき、裏に打ってあるトリコニーの側鋲《そくびょう》が少し見えた。私は彼のキスリング型のザックにも視線をやった。男の様子が腑《ふ》におちないのと、そこにいるのが実在の他人であることが、どうしても実感されてこないからだった。

「今ね」と男が、ほとんど相手を意識していないような調子で言った。「あなたが降りてくるのをずっと見てたんですよ。あなたはまるでKさんみたいな歩き方をしますね」

私は彼の視線をたどり、つい今しがた私の降ってきたガレ場に目をやった。すると、私はずっと以前からここに腰をおろし、むこうから彼がやってくるのを眺めていたような気もした。

しかし私はすぐ我にかえって苦笑してみせた。

「冗談を！」

Kというのは、私が山に入浸っていたころ墜死した、有名な単独行の名手だったからだ。

「すこし酔っていたのですよ」と、私は半ば自分にむかって言った。

「酔って？」と、相手は独り言みたいに呟いた。「僕《ぼく》も……なんだかぼんやりしているな。どうしたわけだろう、これは」

それらはあまりにも抑揚なく言われたので、私はもう一度、彼の生気のない顔貌《がんぼう》、どんよりした目つき、なにかぎこちない身体のこなしに目をやった。が、私自身正常な状態ではなくて、頭のなかにはびこってくる雲のようなものをふり落そうと私は首を動かした。

しばらく二人はおし黙り、残りのコーヒーをすすった。

風が、どこかで、ずっと頭の上はるかな場所で鳴っている。だが、ここにはまったく吹いてこず、心の内部まで無風状態で、かすかな睡気《ねむけ》すら私は感じた。

「あなたは岩をやりますか？」

長い沈黙のあと、どちらかが言った。これから記す会話は、きれぎれにしか覚えていないし、どちらがどうしゃべったのか、実際のところ私にはわからなかった。しかしとにかく、次のような言葉を私達《わたしたち》は口にしたのである。

「岩ですか？　もうやりたくないですね。こわいですから」

「墜《お》ちるかも知れないっていうことですか？」

「ええ、はじめ岩にとりつくときにはね。しかし、だんだん登ってゆくと……」

「なんていうのか、自分のリズムが感じられてきますね」

「そうなんです。すると僕は無性に不安になってくるんです。墜ちるかも知れないなんていう恐怖とはまったく別な……」

「わかりますよ。僕らの中に埋っていたものが、ひょいと飛びだしてきたような……」

「なんでしょうね、あれは？」

「さあ、なんでしょうか」

「一種漠然とした不安なんでしょうね」

「そうとしか言えませんね」

「訳がわからぬから、僕には怕《こわ》いんです。そのくせ、そいつを感じているとき、自分という実体が一番はっきりしているような気がするんです」

「僕もそんな気がしました。僕らの一番奥には、そいつがいつも腰をすえているのでしょうね」

「岩をやってると、まるでそいつを追っかけているような……」

「追っかけずにはいられないのでしょう、僕らは」

「こういう経験をおもちですか?」と、もう一方が言った。「夜に、高い岩尾根の上に坐っていると、なにか声が聞えてくるでしょう? 自分の声みたいなんです。自我が分裂するとでも言いますか、それが幻聴みたいに聞えてくるんです」

「あれは風の音ですよ。それと自己暗示みたいなものでしょう」

「いやなものですね」

「スイスのどこかの山ではいつも聞えるということを本で読んだことがあります。調べたら風の音だったそうです」

「風の音にしても、いやなものですね」

私たちは、遠くのほうを吹きすぎてゆく風音に耳をすましました。

風を遮《さえぎ》って私たちの背後にはゆるがぬ岩の殿堂が聳《そび》え、そのふところで、私たちは催眠術にかかったような会話を交していた。

「だがねえ」と、又どちらかが言った。「僕には人間のほうが怕いですよ。岩なら、たとえばどんな逆層の石英斑岩《はんがん》だって、落ちる岩なら落ちるし、落ちない岩は落ちませんよ。どんな脆《もろ》そうな岩でも、こちらの扱い一つでけっこう安定しているものです」

「人間は不安定だというのですか」

「こんなことがありました」と、一方が言った。「季節外れにね、偶然行きあった人と一緒に無人小屋に泊ったことがあるのです。夜中になにかの気配で目を覚ましてみると、真暗な小屋の中を火影《ほかげ》がゆらゆらしているのです。その男が蠟燭《ろうそく》を手にもって、ごそごそ動きまわっているのですよ。どうしました？　と声をかけますとね、蜘蛛《くも》がいた、って言うんです」

「蜘蛛が？」

「ええ、一尺くらいある大蜘蛛がいたのだが、急に見えなくなったから捜しているんだというのです」

「どうもいやですね」

「それも寝呆《ねぼ》けているのでもなくて、実にはっきりした平静な声なんでね」

「錯覚ですか」

「それは何とでも言えるでしょう。今こうして話してみれば笑い事になってしまいますが、その時は背筋がぞくっとしましたよ。狂気なら——僕はそういう知識はないのですが、きっと狂気には狂気の法則があると思うんです。しかしその人は正気だったから、僕には怖《おそ》ろしく思えたのです。つまりですね、僕たちが正気と称しているものの中にも……」

「そう。そういう意味でしたら、確かに僕らの中には不安定なものが一杯隠されているのでしょうね」

雲が降りてきて、吸いこむ空気が湿っぽく、ひやっこい。岩と這松《はいまつ》の世界は底ぶかくしずまりかえっていて、私は我知らず身体をゆすっていた。

冷い空気が、次第に私を目覚めさしてゆくらしかった。

「なにを考えているのです？」——しばらく沈黙があり、むこうが言いだした。私はそのときはっきりと、彼が痴呆《ちほう》のように無表情にそんな言葉を口にしたのを覚えている。

「屍体《したい》のことを……」私は、自分の声を意識しながら言った。「さっきね、墜屍体があったのですよ」

「屍体？」

「蝿《はえ》が……」私は言いかけて、前に坐っている相手を見た。彼のヤッケの首元から覗いているセーターを見、膝の破れたズボンの色を見た。「蝿が……」

「蝿がたかっていましたか？　それなら僕は知っていますよ。そうだ、蝿がたかっていましたね？」

「あなたも見たのですか」私はもう一度、相手の全身を注視した。

「頭が割れていましたね。脳味噌《のうみそ》がでてるんです」相変らず無表情に、抑揚のない口調で男が言った。「そうだ。身元を調べようと思ったのです。だけど蝿で一杯でしょう？　こっちにもびっしりたかってきて、そうだったなあ、とてもいじる気になれなかった」

「あなただったのですか」と私は言った。さして驚きはなく、かえってもやもやした頭のなかがすっきりした感じだった。

「なにがです？」

「あなたがあそこの岩場をやっているのを、僕は見ていたのですよ」

「岩場？」

「屍体があったすぐ上の……」

相手の状態が変化してゆくのを私は見守った。どんよりした目の光が少しずつ生気を得、失神していた者が意識をとり戻《もど》してゆく過程に似ていた。見ていてそれは、あまり気味のいいものではなかった。

もう私は酔がさめていて、彼と私とはすっかり別人だったし、今の今まで見知らぬ男と奇態な会話を交していたことを、我ながら怪しんでもいた。殊《こと》に相手は私などのような山の素人《しろうと》ではなく、さきほど私は彼の人間離れのしたテクニックを見たばかりだった。

「わかりました」と、彼は低い声で言った。言葉つきも変っていたし、一カ所を凝視するような目つきは消えていた。「あなたは見ていらしたのですね」

「怕かったですよ、眺めていても」と私はこたえた。「ザックをつけたままだし、気ちがいじゃないかと思いました。いつもあんな真似をするのですか」

彼は笑ったようだった。神経質なわらいで、そのままこわばって、顔全体がかたく歪《ゆが》んだように見えた。

「信じられないかも知れませんが、僕は自分じゃ知らないんです。つまり、僕が登ったのではなく、病気がさせるのですよ」

「病気？」

「朦朧《もうろう》状態とかいうんです。その間のことは自分でも知らないのです。初めに発作を起したときは、勝手な行動をするというので、大学の山岳部を除名になりました」

「それは夢遊病みたいなものですか？」

「さあ、僕は知りません。医者もよくわからないと言っていました。もうずっと起らなかったのですが、屍体を見たのがショックになったのかも知れません」

「でもあなたは、靴《くつ》をぬいで跣足《はだし》で登っていましたよ」

「そうですか。無意識にそういうことはするらしいのですね。以前に、やはり自分では知らないうちに、捨縄《すてなわ》を使って岩を降りたことがあるのです」

「それじゃ、もし意識があったら、あんな岩場はやりませんか？」

「もちろん」と彼は言った。「やったとしても、きっと墜ちてるでしょう」

私は彼の瞼《まぶた》が痙攣《けいれん》するのを、指先がこまかくふるえるのを見た。

雲が下の方からやってきて、私たちを包み、生きもののように岩肌《いわはだ》を這いのぼってゆく。私は腕時計を見た。もう歩きださねばならぬ時間だった。最後に私は気になっていたことを訊《き》いた。

「あなたは、さっき僕たちがしゃべったことを覚えていますか」

彼は首をふった。

「なにか話をしていたことは知っています。でも本当のところ、僕はあなたとどこで会って、どうして一緒にいるのかわからないのですよ。たしかあなたの名前はまだ訊いていませんでしたね？」

「よくあることです」と、私はわざと快活に言った。「僕なんかは下界ではしょっちゅうそうですよ。酔っぱらいますからね」

それ以上なにも話す気になれず、私たちは黙々とザックの紐をしばりあげた。彼はヤッケをぬぎ、さきほど岩を登っていたときのセーター一枚になっていた。

尾根にでると、風が鋭い叫びをあげ、私たちの髪をちらした。私たちは背をかがめるようにして細い尾根道を辿《たど》った。

「いやな天気ですね」

ふりむいて、彼が言った。私はうなずいた。

「これから好《よ》い天気が幾日かあって、その次はきっと雪でしょう」

「僕らが見つけなかったら、あの屍体も来年まで雪に埋まっていたわけですね。もっともそのほうが……」

風が彼の低い言葉を消し、そのため私は近づいて顔をよせねばならなかった。

「僕はねえ、怕いんですよ」と、彼は囁《ささや》くように言った。「僕はいつかは必ず墜ちますよ。これ以上山にきているうちには、きっと……」

「ゆっくり行きましょうよ」私は、相手の言葉と関係のないことを言った。

「僕はいやですね」彼は、私の顔をまっすぐに見、激しく囁くように言った。「あんな屍体になるのはね。そして、まっくろに蠅にたかられるなんてことはね」

私は、目の前にいる男から視線をそらした。風が耳許《みみもと》でむせぶような声をあげ、岩の尾根はうねりながら鉛色にどこまでもつらなっている。

「ゆっくり行きましょう」

と、私は意味もなくもう一度くりかえした。

しかし、風がたちまち私の乾いた唇から言葉を吹きちぎり、私たちの向かいあっている、峨々《がが》とした、巨大な世界へとひきさらって行った。

羽《は》蟻《あり》のいる丘

黒土の匂《にお》いと草の芽の匂いと、それらとごっちゃになった陽光の匂いがした。その匂いを嗅《か》ぐみたいな恰好《かっこう》で、蟻《あり》たちは細い触角をうごかした。目立って大きな羽の生えた蟻、いくぶん小さ目の羽のある蟻、それから羽のない無数の蟻たちも。

女の子は、丘の斜面に顔をつけるようにして、両手を芝と土の上についたまま、おびただしい蟻の群を眺《なが》めていた。こんなに沢山の蟻、群がってひしめいている蟻、しかも羽のある蟻なぞを、これまでに見たことがなかった。彼女はやっと三度目の誕生日を過ぎたばかりだった。だが、蟻という名前だけは知っていて、さっきから口に出して繰返していた。「アリ、アリ、アリ、アリ」

あたりは静かで、ただこの丘のむこうにある遊園地の方角から、かすかに子供たちの騒ぐ声が伝わってきた。それはけだるい大気の中に消えいりそうになりながらふしぎに明瞭《めいりょう》に感じとれるもの音、草ずれとはまた別のざわめきであった。どうして自分はあそこへ行けないのだろう。女の子はもう長いことほっておかれていて、触角をふっている蟻をかぞえるのにもあきあきしていた。「アリ、アリ、アリ、アリ」

すると、その息がかかったのか、一番大きな羽のある蟻が彼女のほうに頭をむけた。

その冷いこわばった、無表情な蟻の顔が、いくらか彼女を不安にした。女の子はすこし頭をずらし、助けを求めるように、単調な幼児の声で母親に呼びかけた。

「ママ、アリってこわいの？」

返事がないので、髪につけたピンク色の大きなリボンを片手でおさえながら、うしろの方に首をねじむけた。数米《すうメートル》はなれた場所に母親が腰をおろしている筈《はず》だったし、また実際そこにいた。が、女の子は上半身を起し、もう一度その姿を見なおした。顔は知ってはいるが口をきいたことのないよその女の人、なんだか母親はそんな風に見えた。なじみのない、こわばった表情をし、じっと一箇所を見つめていた。すぐ横に同じように足を投げだしている男も、似たような顔つきをしていた。女の子はその男が嫌《きら》いだった。色の黒いのも、額の広いのも、髪がもじゃもじゃとたれているところも気に入らなかったが、なによりも自分に優しくしてくれないのが不服だった。実際、こんな男に女の子はそれまで会ったことがなかった。甘やかされて育った彼女は、この世の大人たちは自分を笑顔でむかえてくれ、大仰に頭を撫《な》でてくれるものと信じこんでいた。ところが、その男ときたらさきほど初めて出会ったときも、広い額に皺《しわ》をよせて言葉ひとつかけてくれなかった。彼女にはそれが不可解だった。それにしても母親まで——なるほどママはそこに坐《すわ》っていた。だが、ふしぎなほど小さく見え、まるで顔しか知らぬどこかの女の人のように思えた。

女の子は呼んだ。大人の注意をひくための、殊《こと》さら何も知らなげな声で。「ママ、アリって怖い?」

「こわくはないことよ」と女はこたえ、それから慌《あわ》てて笑顔をうかべた。

「沢山、沢山いるの」

「蟻さんは、お引越をしてるんでしょう」

「おしっこし?」と女の子はまわらぬ舌で云《い》った。彼女にはその意味がわからなかった。で、再び、丘の斜面を這《は》ってゆく蟻の群に顔をつけるようにして繰返した。「おいっこし。おいっこし」

「あの子、かわいい?」と女は、子供から目を離し、その視線を下の芝地にすえて云った。

「うん」と男はうなずいた。本当のところ、彼はまだその女の子の顔さえよく見てはいなかった。が、彼はもう一度云い足した。「うん」

「可愛《かわい》いでしょう?」ふたたび女は云った。半ば反射的で半ば自分に強《し》いるかのようだった。自己の所有物に対するこうしたあけすけな讃辞《さんじ》を聞いて、男は一寸《ちょっと》あきれたように女を見やった。しかし、苦渋とも歓《よろこ》びともつかない色が、その細められた目元に皺をよせているのを見て、すぐ目をそらした。彼には、女というものがうらやましかった。

「あたしね」と女が云った。「あなたにあの子をお見せしたくなかったの。でも、やっぱりお目にかけてよかったと思うわ」

「そりゃそうさ」と男が云った。彼は足元の丈の長い草を片手でひきよせていた。ちぎろうとするでもなく。

しばらくの間、沈黙があった。日が照り、土と草の匂いがたちのぼり、二人は思い思いの考えを反芻《はんすう》した。

「ねえ」と女が云った。

「なんだい」と男が云った。

「あたし、わからないわ」と女がつぶやいた。

「俺《おれ》だってわからない」と男が云った。

「あたしには比べることはできないわ。あなたとあの子と」

「そりゃそうさ」

「そうじゃないのよ。なんて云ったらいいか……」

「わかっているよ」と男が云った。「こっちにも、蟻がきた」

「そうね、蟻ね」と女は云って、足をすこしどけ、乾いた地面を這ってゆく蟻の群を見た。「なんなの、これ。一体どうした訳？」

「どうした訳かわからんね。多分、引越でもするんだろう」

「あれは女王蟻ね」

「そうだ、大方そんなところだ」

「あれは移住をして、巣をつくるのよ、別なところに」

男は聞いていないらしく、首だけで返事をした。

「一昨日、蟻の映画を見たわ」かまわずに女は云った。彼女は一昨日をおとつい、と発音した。「あのね、放射能で、蟻が大きくなる映画なの」

「そんなのがあったね。筋は知ってる」と男は、彼等《かれら》の問題から離れた事柄《ことがら》になると女の口調が子供っぽくなるのを意識しながら言った。「君の好きそうでもない映画だし、あんなのを喜ぶ男を俺は知ってるよ」

「おかしな人ね」女は、ごく自然に、男の手の上に自分の手をのせた。

男は、なじみぶかい、いくらか汗ばんだ小さな手の上に、もう一方の自分の手を重ねながら、前をむいて云った。「どうだった、その蟻は？」

「途中で出ちゃったの。大蟻っていやらしいほど巨《おお》きいのよ。それが気味のわるい声をだすの、キイキイって……」

男は、大きくえぐられたボートネックのワンピースからのぞいている女の鎖骨の隆起と、そのほそい喉首《のどくび》とを見た。それから、キイキイというときに現われたその子供っぽい微細な表情の変化とを。すると、どんなにこの女が若く、頼りなげで、なにひとつ自分一人ではできないにちがいないということが更《あらた》めて理解できた。こんなに小さく、こんなに脆《もろ》そうで、こんな若い女が子供を生むことが間違いなのだ、と男は思った。おまけにもう子供のできない身体《からだ》になってしまったことも理不尽だった。男は訳もなく彼女の夫を憎んでみたが、およそ場違いの憎しみであることは彼にもわかっていた。

「あたし、あんな大きな蟻がでてきたらいいと思うわ」と、女はつづけた。「そして、あたしも、あの子も、みんな食べられちゃったらいいと思うの。……でも、きっとこわいわね」

「そりゃ怖いだろうさ」と男が云った。

「あたし、逃げてもいいかしら」

「そんなこと俺は知らんよ」と、無愛想に男が云った。

またしばらくの間、沈黙があった。日が照り、幾秒か風が草をそよがせ、蟻の列は足元を去った。

「暑くないかな」と、男が云った。

「大丈夫」女は目かげをして、晴れておおいかぶさるような空を見た。白い雲が二つ三つ、空の中ほどに散らばっていたが、あってもなくてもいいような雲だった。

「あの子のことをいっているのだよ」

「そう?」女は男を見て、それから子供の方へ目をやった。「でもあそこは日かげだから。……あなたはやさしいのね」

「そうかね」

「ときたまね」

男は女を見て、一寸わらい、そして、どこかへ行ってしまった蟻の列を探した。

「あたし、わからないわ」と、女がつぶやいた。

「わからないことはないさ」と男は云って、むこうにしゃがんでいる女の子を見た。ちいさな丸っこい身体と、彼女自身をひとつの玩具《がんぐ》みたいに見せている大きなリボンとを見た。しかし女の子は、ひとりの人間で、なにか真剣に地面を見ていて、もとより玩具なんぞではなかった。

「あの子?」女は男の視線をたどって、云った。なんだか自分に縁のないものに対するような口調だったし、それが自分でもこわかった。傍《かたわ》らから、へんにだるそうな男の声が云った。

「お前、あの子の前で、俺に抱きつけるかい？」

彼は、相手がどんな表情をするか見る気にもなれなかった。で、もっとだるそうな声で云った。

「わからなくても、決まっているんだ」

「そうね」と女は口早に云った。「そうなって、それであたしはお終《しま》いだわ」

男はおし黙った。女は、何にも云ってくれない男がうらめしかったが、それ以上話したところでどうなるということではなかった。何十度くりかえしたところで無駄《むだ》なことだった。夫はあの子を放しはしないし、彼女も子供を捨てることはできなかった。

女は目をつぶった。すると三年前、あの小さな肉塊が彼女に与えた焼けつくような痛みがよみがえってきた。ぼんやりと女は云った。

「あたしって、母親なのね」

「君は母親さ」鸚鵡《おうむ》がえしに男が云った。

「あたしは母親よ。でも、いつも母親でいなくちゃいけないの？　あたしって、もっと赤ん坊なのよ」

「君は赤ん坊だよ」

「もちろん赤ん坊じゃないわ。でも、まだやっぱり女でもいたいってことを考えるのはいけないことかしら」

「君は女さ」と男が云った。「あと二十年は充分美しい」

女はそっぽをむき、口をひらきかけ、それから気をとりなおして相手の手に自分の手を重ね、しずかに関節の上を撫でた。骨がかたく、自分の指がやわらかいのが感じられた。

「君の足はきれいだ」女の指をまさぐりながら、低い声で男が云った。

「バカね」

女はため息をついた。彼女には、相手がうらやましかった。

「あなたには未来があるわ」半ば母親のように、彼女は云った。

未来? 男はすこしも実感の伴わぬその言葉を頭の中で廻転《かいてん》させてみた。なるほどそれは本当だったし、同時にまた嘘《うそ》だった。だが、彼が嘘だといえば、女は嘘じゃないわというだろうし、考えてみるだけつまらない話だった。

女の子が駈《か》けてきた。一匹の、大きな羽蟻の翅《はね》をつかんでいる。彼女は好奇心と恐怖を半分ずつ感じていて、できるだけ手を身体から離し、ちょっと男を見、それから母親にそれを差出した。ところが、母親がこわそうに身をねじったので、女の子はいそいで蟻を投げすてた。

「アリ、刺す?」

「さあ、どうでしょうね」女はまだ気味わるげに、地面に落ちた大きな蟻が肢《あし》をひきずって歩いてゆくのを見ていた。「あなた、蟻って刺すの?」彼女は無意識に、二通りの声を使った。

「さあね。せいぜい嚙《か》みつくくらいだろう」

男は興味なさそうに云い、目の前に立っている女の子を見た。敏感に彼の視線を感じて母親の膝《ひざ》につかまった、ちっとも無心でなさそうな幼児のふっくらした頰《ほお》を見た。母親とはすこしも似ていないと思った。

「ママ、かえる」

「あら、ブランコに乗るのじゃなかった?」

女の子は自分の楽しみを思いだし、こっくりして、母親の肩につかまった。今日は遊園地で遊ぶ筈だったし、新しい服を着、リボンをつけてもらい、自分でもそれを素敵だと思った。しかし郊外の駅の改札をでると、あの男が近づいてきて母親と並んで歩きだした。そんな風に何もかも駄目になってしまったのだ。

「もうちょっと待っててね。そしたらブランコに乗りましょう」母親が云った。で、女の子はさっき投げ捨てた羽蟻を探した。べつに好きなムシでもなかったけれど。

「あの大蟻もね、可哀《かわい》そうにはちがいないわね」と、女が云った。

「なにが可哀そうだって？」

「蟻。映画の大蟻よ。だって蟻にしてみれば、折角巣をつくって卵をうんでるんでしょ。たまたま人間を殺したって、悪気があってするのじゃないのよ。それを火焔《かえん》放射器なんかで焼いちゃうなんて……」

男はあきれたように女を見やり、それから云った。

「なるほど、可哀そうだな」

「でも、うらやましいわ」

「なんだって？」

「うらやましいと云ってるのよ。人間は一番強いから誰《だれ》も破壊してくれるものがないのよ。だから、そういうものを自分で壊せない人間はそのまま終りなのね」

「君はなかなか雄弁だね」悪気なく男は云った。「あの子は退屈しているよ」

「しゃべりたくってしゃべっているのじゃないわ」

女は自分の靴先《くつさき》を見つめ、表情をくずさずに云った。

「あなたが黙っているからいけないのよ。あたしだって、なにか話す必要があることはわかるわ。あたしってけっこう大人ね」

男はわらった。「うん、立派なもんだ」

「ほらね。あなたは笑ったでしょう？　あたしだって、あなたを笑わすことくらい知っててよ」

不意に女は涙をうかべた。常々いったん涙をだしてしまうと、彼女はもう気力がなくなり、あとは男にまかしてしまうより仕方がなかった。が、いまは子供が傍《そば》にいて、それが期待できなかった。女はこぶしで目をぬぐった。案外かたいこぶしで、自分でもいぶかしかった。あたしは痩《や》せたのかしら。これでぶったら、痛いかしら。

「でも、ぶってもダメね」と、女は口にだして云った。「あたしは力がないから」

「なにをぶつんだって？」

「バカな人ね」

「君より利口だ」

「あなたは利口で、そして鈍感なのよ」

「多分そうだろう。もっともな話だ」

「やめて！」女は云った。「あたしたち、もっとほかの口のきき方もできる筈ね」

「そうだ。俺たちには自由に口がきける権利だけはある訳だからな」

「それ、どういう意味？」

「べつにどういう意味でもないさ」

「でも、どういうふうにしゃべったって、感じることは同じじゃないこと？」

「感ずるってことも、案外いい加減なことかも知れないよ」

「いい加減でもなんでも、寒いのはたまらないわ。あたし、夢に見るの。こんな気候になっても夢に見るの。うす暗くって、氷のはっている冷い中で、裸でガタガタしているところなの。それでも、あなたは平気？」

「夢にまで見る必要はないからね、俺は」

「あたしをいじめたいの？」

「いいや」

「いじめてもいいわ」と女は云った。「もしそれで、いくらか暖くなるのだったら」

「ああ」と男は云った。「だが今は、いやになるほど陽《ひ》が照ってる」

「それじゃ、もし寒くなったら、いじめてね。でもきっと、あなたは寒いのは平気ね」

「なぜ？」

「あなたは毛が多いから」

「うまいことを云うね、君は」

「あたしも、すこし、うまいと思ってるのよ」

二人は笑顔を見せようと努力した。それから、そっと手をとりあい、指先のもっとも鋭敏な箇所をさぐりあった。

「暑くないかい？」と男が云った。

「大丈夫、すこし頭がガンガンするけど。あたしはそういう風に生れついているのだわ」と女は云った。「あなたは、スジコがお好き？」

「スジコ？　また、なんでそんなことを訊《き》くんだね」

「ちょっと気がついたのよ。気がついたことをしゃべるってことは仲々いいことじゃないこと？　いけないかしら」

「いけなくないよ」

「それなら、スジコって、おいしい？」

「スジコは好きだよ」

「あなたって手数がかかるのね。でも、あなたは手数がかかるように生れついているのだし、それはいいことなのよ。それにスジコがお好きだってことはとても素晴らしいことよ」

「そんなにすばらしいかね」

「すばらしい、って云えないけれど、あたしには嬉《うれ》しいことだわ。あたし、この頃《ごろ》スジコが一番おいしいの。妙ね」

「妙でもないだろう。君が嬉しいのなら俺も嬉しいさ」

「本当にそうお思いになる?」

「思うともさ」

日が照り、けだるい大地の匂《にお》いがたちのぼり、その中をこまかい虫のようなものが飛んでいるのが見えた。

「あたしね」と女が云った。「本当は今日、もっと楽しく過せるのじゃないかと思ってたの、三人で。でも、それはあたしの間違いね。あたしってヨクバリなの。それはよくわかっているわ」

「ちっとも間違いじゃない。君のいうとおりだよ」と男は云った。「ただ、俺は不粋な男でね」

「ママ、かえる」と、女の子が云った。すっかり退屈してしまい、不機嫌《ふきげん》になり、母親のところに駈けよってくるなりそう云った。

「帰るの？　ブランコには乗らないの？」

ブランコにのる、ねえ、早く、と女の子は云おうとした。が、口がうまくまわるかどうか自信がなかったので、こっくりしただけで、ちらと横目で男を窺《うかが》った。

「そう、じゃ乗りましょうね」

「ブランコにのる、すぐね」と、女の子は今度は口にだして云った。平生大人たちが感心してみせてくれるときのように、可愛《かわい》らしくこまっちゃくれて云えたので、彼女はその効果を確かめようと、横目を使って男を見た。すると、男が太い腕をのばし、自分を高くもちあげるのを感じた。

大人からそうしてもらったことは何遍もあったが、こんなに高くもちあげられたことは嘗《かつ》てなかった。さきほど蟻が沢山歩いていた丘一体がふいに平たくひろがり、ずっと遠くまで世界が展《ひら》けるのを、女の子は、男の顔の前でむっちりした足をばたばたさせながら意識した。いくらか怖《おそ》ろしかったが、今まで自分を無視していた男が、やっと自分を認めてくれたことが嬉しかった。で、彼女は自分の真下にある、前よりも額の広く見える男の顔に笑いかけた。

だが、男は笑わなかった。おそろしく無表情で、なんだかさっき見た大蟻の顔にも似ていた。そのうえ男は、そんなふうに彼女を差上げたままでこう云った。「お前を殺せたらなあ」

　不安で、怖ろしくて、下を見るとそのくせ男がとてもやさしい顔をしているので、かえって怕《こわ》くて、女の子は泣顔になった。彼女は短い両足をだらりと下げ、おびえきって云った。「ころちゅの？　ころちゅの？」

「殺しはしない」男は云って、女の子を地面におろし、大きなリボンとやわらかな髪の毛とを撫《な》でた。「なんといったって、お前は俺《おれ》にとってこの世界中で特別な人間の一人だよ」

　そして、彼はふたたび女の子の髪を撫でた。あまり気持のいいことではなかったが、とにかく安心していいのだなと女の子は思った。それに男は笑っていて、もう蟻に似ていなかった。

「俺は帰る」と男は云い、女の子のリボンをいじくった。

　女の子はほんの一寸《ちょっと》気がぬけたが、男が行ってしまうことは本当は大安心のことだった。

「かえんの？　かえんの？」と女の子は意味もなく云った。彼女は大人と口をきくのが嬉しくて、なんにでも口をだすつもりでいた。

「俺は帰る」男は笑って、同じことを繰返し、そのくせその場を動こうとしなかった。

「どこにいくの、パパんとこ？」

「あたしは、ダメだわ」とふいに女が云った。彼女はさっきから坐《すわ》ったきり、ぼんやりと男と子供とを交互に見ていた。

「ダメ？　ダメ？　ダメ？」と、意味もわからずに女の子がくりかえした。

「そんなことはない」と男は云い、靴の中で指先をうごかした。そこには水虫ができていて、すこしかゆかった。陽気があたたかいのだ、と男は考えた。たしかにふりそそぐ日の光の下で、丘全体がゆれているような感じがした。蟻の群が土中から生れ、それがどこかへ飛んでゆくように、けだるく暖まった空気がそここの土中から上昇してゆくらしかった。

男は、坐ったままの女に両手を差しだし、半ば自分に云いきかすように云った。

「そんなことはないよ」

その手に自分の体重をすっかりかけ、引起してもらいながら、女は何も考えずに口早に云った。

「そうね、そんなことはないことね。ただ一寸云ってみただけなの。そうすると気が休まるから。すこしは気を休ませたっていいでしょう？」

こんな女が子供なんぞ生むのが間違いなのだ、と男は思った。するとまたしても理不尽な憤《いきどお》ろしさがこみあげてきた。

「そりゃいいさ」と彼は云った。

霊媒のいる町

「さてと、方角がわかるかね？」改札をでたところで私の相棒が言った。

「わかるものか」見知らぬ町の家並を見わたしながら私が言った。

二人ともいささか頭がにぶくなっていた。汽車が午後二時にこの町に到着するまで三時間ばかりというもの、間断なくあまり上等でないアルコールを飲みつづけてきたからだ。私たちは日本酒を飲み林檎酒《りんごしゅ》をのみウイスキーをのみジンを飲んだ。しまいに私の相棒はウイスキーびんの中でそれらを混合し、やたらにふりまわし、びんの口から顔をしかめて飲んだ。この男は同種類の酒をずっと飲みとおすことのできない性質である。はじめ彼は動物学を修めるため大学にはいったが、すぐさま人間を究めるためと称して医学部に転じた。インターンになる頃《ころ》にはおおよそ医学にも愛想《あいそ》をつかしていたが、気をとりなおして精神科を選んだ。しかしながら人間の精神を解明する筈《はず》のこの学問もどうやら彼の「人間」なるものとは縁が遠かったらしく、たちまち医局をやめて心理畠《しんりばたけ》へ行ってしまった。一年ばかり前のことである。だが初歩の心理学ほど無味乾燥なものはこの世にないそうで、彼の飲みくちから察しても、彼がまたぞろ現在の学問を放擲《ほうてき》したくなっていることは目に見えていた。

汽車が、とある山間の小駅から、きしんで、身ぶるいして、蒸気をあるだけ吐いてやっとのことで動きだしたとき、私たちの席に、一見人夫の親方風のずんぐりした男が乗りこんできた。彼がその男に自製のカクテルをすすめたのは、相手の持っている地酒でもないらしい一升びんに目をつけたからだった。「いいや、これはどうも」と、男は極めて慇懃《いんぎん》に小さな目をほそめ、ずんぐりした身体《からだ》をこごめて、一滴もこぼさぬようにアルミニウムのふたから妖《あや》しげなカクテルを音をたててすすった。山から木を伐《き》りだす仕事をしているそうで、彼の会社では今年はこの地方の山を四つほど買ったという。大きな山は買手がつかないからいくらでも叩《たた》けるが、搬出路は定まっているので一度に運びだすことができない。結局小さな山をあちこちやったほうが金の回転がいいけれど、近頃は山師が入りこんでいて他人の山を売りわたしたりするので買いあせると危い。うちの会社でも少なからぬ手金を二度とられたものだ、というような話をした。それから「や、これはどうも」とすこぶる慇懃に身体をこごめて何杯目かのカクテルをのんだが、べつに自分の酒をすすめようとはしなかった。こちらの酒が無くなってしまうと男は窓際《まどぎわ》にもたれて目をつぶり、やがて口の端に唾液《だえき》の泡《あわ》をためたまま寝入ってしまった。私たちの目的地に着いたとき、それでも男はちょっとうす目をひらき、「やや、これは」と呟《つぶや》いてずんぐりした身体をこごめた。「山師め」と、あやうい足どりで汽車を降りながら私の相棒はうめいた。

それにしても、あのうす汚れた、今にも崩壊しそうな木造の駅の建物は、一体何年前につくられたものだろう。ブリッジをわたるとき、床の隙間《すきま》から、下を走っているレールのにぶい光が屢々《しばしば》目にとびこんできたものだ。駅のまわりには太い丸太がうず高く積まれている。色のわるいポストが一つ。木っぱや樹皮の屑《くず》が、霜と泥《どろ》のなかに散乱している。そして木工場らしい音がどこかから響いてきた。近くに山が迫っているのである。

街道筋の宿場に見られるような軒の低い人家の前を、樵夫《きこり》風の男が肩をすぼめて通る。その後ろから、肥満の目立つ年齢の外人の女が歩いてくる。背をまっすぐにのばし、毛むくじゃらな茶色の小犬の鎖を右手に持っていた。

「ドイツ人だな」と彼が言った。

「いや、ちがうな」と私が言った。

すれちがうとき、私は彼女の色のあせた大きな鼻と、いくらか肉のたるんだ頰《ほお》と、鳥類のそれに似た灰色の瞳孔《どうこう》を見、彼はドイツ語のようなものをなにやら口走った。だが老婦人はまっすぐに前を向き、もの静かに端然と、毛むくじゃらの小犬をひいて遠ざかって行った。

「ドイツ人ではなさそうだ」と彼が言った。

「なぜ」

「私の言うことがわかりますかね、って言ってみたんだ」

やはりドイツ人だったのかな、と私は思った。が、それよりも、私には彼女のまるきり動かない灰色の瞳孔のほうが心に残った。

いかにも気をめいらす曇りきった空であった。それは見知らぬ町の上に低くたれ、陰気な光があたりに漂っていた。とげとげしい寒さが、指先や肩のあたりにしのびよってくる。同時に索寞《さくばく》とした疲労が全身にはびこり、この年齢でこのような疲労を感ずるのは健康なことではないな、と私は思った。

「見ろよ」

私は、ベニヤ板とブリキでできている真新しい店先を横目で見た。酒場らしかった。毒々しいペンキでぬりたててある。くすんだ、古びた家が二、三軒、そしてまた小ざっぱりした都会風の商店があり、ネオンをつけた美容院があったりする。

「こんなところにアメ公はいるかね」

「いないだろう」

「てるとこに……つまり名所とか避暑地とかなにかでもあるのかい？」私の訊《き》きた

いことを、彼が言った。

「知るものか」

「なんだか妙な町じゃないか」

「妙だが、俺《おれ》の知ったこっちゃない」

「鋸屑《のこくず》の匂《にお》いがするね」

「ガソリンの匂いもする」

道は極端にわるかった。石炭殻《せきたんがら》が申し訳にまいてあったが、昨夜来の雨に足をとられるほどぬかり、あちこちに水たまりができ、水たまりの端のほうだけ氷《こお》りかけていた。

目抜きらしい通りを出はずれると、中年の女が一人、赤子を背おって私たちとすれちがった。彼女のひびのきれた手の甲と、買物籠《かいものかご》の中の泥のついた人参《にんじん》とを私は見た。

「いまの赤坊を見たか」強情にぬかるみを歩きながら彼が言った。

「アカンボ？」訊きかえしながら私は、そのへんてつもない発音を、なにか非常にむずかしい言葉のように思った。

「小頭症《ミクロセファルス》だよ、定型的《ティピッシュ》な。育つかしら、あれで」

川があった。おそろしく濁った、鉱山から流れだすような水の色である。ぬらぬらした藻《も》が岸辺の杭《くい》にまつわり、そこに卵の殻が一つひっかかってふらふら揺れている。まだ樹皮をおとしていない丸太の集積所があり、いくらかの桑畠があった。桑は枝ばかりになって、枝の先端をたばねてくくられていた。人家はまばらになりながら、山すその方へどこまでも続いている。藁《わら》ぶきの農家もあれば、垢《あか》ぬけた造りの洋館もある。

「この町はどういう……大体、日本のどこいらにあたるね？」

「地図でも買いやがれ」私はそう言ったが、いくらかは自分でも知りたいと思っていたことであった。「俺は日本中どこも知らんよ。俺たちが地理を知らないのは戦争のせいさ」

なんだってまた、戦争なぞと言いだしたのだろう。

「だが、そのおかげでボルネオを知ってる奴《やつ》もいる」彼はぶつくさと言った。

そのまま彼は泥道を選びながら一人だけ先に立って歩きだした。レイン・コートの背がだんだん遠ざかる。私は酔が醒《さ》めかけて元気がなくなっていたし、買ったばかりのズボンを汚したくもなかった。とうとう大きな水たまりの前で私は立ちどまった。

「妙だなあ。わからなくなった」

「なにがわからないんだ？」

「歩き方を忘れてしまったよ。足をうごかすやり方をね」

彼はふりむいて、非難するようにこちらを見た。顔つきでみると彼も酔がさめてしまったようだった。それにしても、なにかしゃべっていないと、とても疲れてしまうというような瞬間があるものだ。幸い、彼が機嫌《きげん》をとるように口をひらいた。

「いやな天気だね」

「俺のせいじゃないさ」気がめいるとき私は乱暴な口調になる。

「なんとなく、いやな土地じゃあないか、ここは」

「俺のせいかよ」

しばらくして、今度は私が言った。

「しかし、こうやって出鱈目《でたらめ》に歩いても無駄《むだ》かも知れない。訊いてみようか」

「なあに、霊魂がみちびいてくれるさ」

なるほど、わざわざこの町を訪れたのは、心霊術の実験を見るのが目的であった。なんでこんな羽目におちいったのであろう。新しいズボンには泥がつくし、皺《しわ》だってかなりついている。たまたまN市に学会があり、そこで昔の相棒に会ったのが始まりだった。汽車の中で私たちは次のような会話を交した。

見ておいて損はしない、と彼はいくらか昂奮《こうふん》して言った。それに、今日は物理霊媒が二人くる。

物理霊媒ってなんだ、と私は言った。

本物の霊力をもった霊媒だ、と彼は言った。インチキが多いんでね。大抵はインチキで商売にしている。

商売だって？　と私は言った。じゃ金をとられるのか。

今日はとられない、と彼は言った。すくなくとも俺たちはとられない。

それはよかった、と私は言った。ロハだったり安かったりするときだけ俺は生甲斐《いきがい》を感じるのでね。

これが教授の紹介状だ、と彼は言った。今日の実験は純粋に霊媒を研究する会なんだ。

勝手に、と私は言った。研究するさ。

君はちょっと変ったぞ、と彼は私より十歳も年上のような顔をして言った。昔は君は特別に純真な奴だった。まだあのことにひっかかっているのだな。

このズボンを見ろよ、と私は言った。特価品なんだ。安かったぜ。

俺たちがインターンの頃は、と彼は私より二十歳も年上のような顔をして言った。君は類《たぐ》い稀《まれ》に純真だったぞ。君はなんでも受けいれた。まるで実験室の二十日鼠《はつかねずみ》のようにな。今は大事なことも受けいれようとしない。霊媒だって信じようとしない。

俺はなんでも信じるよ、と私は言った。ただなんにでも興味が乏しいだけさ。

宜《よろ》しい、と彼は大真面目《まじめ》で言った。信ずるということが根本的な問題だ。すぐれた物理霊媒はあらゆる過去をもたらすことができる。

俺のことなら、と私は言った。ほっておいてもらおう。

一般論をしただけさ、と彼は言った。つまり君の心の底にわだかまっていることについてだね。

女というものは、と私はいった。ベッドの上で楽しむもので、想《おも》いだすものじゃない。

そんなことというのはおよし、坊や、と彼は私より三十歳も年上のような顔をして言った。俺は、女というものは想いだすものだと思っている。だからちゃんと女房《にょうぼう》は持った。お前もそろそろ身をかためろよ。

そろそろ、と私は言った。酒でも飲みだすか。こいつを開けてくれ。

それは、と彼はふいに私より十歳も年下のような顔をして言った。それは立派な考えだ。

空は低く、地面は冷く、陰気な光があたりに漂っていた。いま私たちは酔もさめきり、泥道の上に向かいあって立ったまますっかり元気をなくしているのだった。

「何時だね？」思いだしたように彼が尋ねた。

「二時半頃だろう。いや、二時三十七分だ」

他人のために、はっきりしていることだけはきちんとしておかねばならぬ。

「大分おくれた。これから行って、入れてくれるかな」

「入れてくれたって、くれなくたって、俺はどっちでもいい」

「まあ、そういうなよ。息をかいでみてくれ、酒くさいか？」

「もう大丈夫だ」

「それじゃ行こう。歩けるかね」

「歩けるようだ」と、私はこたえた。

私たちが到着したのは、ひとつの実験がすみ、合間のざわついた時間であった。ここは老朽の公会堂でもあろうか、玄関のわきの小部屋に、つらい務めを果した男の霊媒がかつぎこまれていた。三十歳ばかりの色の浅黒い尋常な男で、鼻のわきに小豆ほどの疣《いぼ》があるほか、これといって変ったところはない。昏々《こんこん》と眠りつづけるその顔には疲労がべったりとこびりついている。主催者側の一人であろう、胸にリボンをつけたやせた鋭い顔つきの男が腕組みをして立ち、そのわきで先日の学会の折顔見知りになったN大の神経科医が脈や血圧を測っていた。私たちは目礼を交し、水銀柱がふるえながら昇りまた降るのを眺《なが》めていた。

「完全なカタレプシーですよ、ほれ」相手は強直した霊媒の腕をもちあげてみせた。ちょうど緊張病の患者に見られるように、不自然にあげられた腕はくの字型に曲げられたまま動こうとしない。

「面白《おもしろ》い結果はありましたか」

「物質化は駄目でした。エクトプラズムは見えかかったんですが……」

私には彼等《かれら》の会話はすこし縁どおい。私は壁に背をもたせ、疲れきって眠りつづける霊媒のひくひくうごく喉元《のどもと》を眺め、深い呼吸の音を聞いた。すると、かすかに息苦しいような気分が襲ってきた。私は言った。

「ここは空気がわるいね、こう閉めこんじゃあ」

「あちらに行こう。次のがはじまる」

彼には私の言葉など耳にはいらぬらしい。たしかに、この家屋全体に、ここに集っている人々に、おもくるしい抑圧された昂奮をひきおこさせるなにかがあるのだ。私にもそれが伝わり、ぎしぎし鳴る床を気にして足音をしのばせてゆく二、三名のあとから尾《つ》いていった。

三十畳敷ほどの板敷のがらんとした広間に二十名あまりの人間が集っていた。研究のためか宣伝のためか知らないが、学者とか地方の名士とか記者とかいった種類の男たちであろう。一方の隅《すみ》には不ぞろいな椅子《いす》が並べてあり、反対側の隅に頑丈《がんじょう》そうな椅子が一つだけ固定されてあった。人々は立ったり坐《すわ》ったり仔細《しさい》げに片手の指で鼻の下をこすったりしている。一様に曖昧《あいまい》なだるそうな表情に見えるのは、しいて内心の緊張を表わすまいとしているのだろうか。そして、ひそひそ耳元で話しあっている。

「齢《とし》は……齢はいくつです？」

「十七歳だそうです」

「キャビネットを片づけちゃったね」

「キャビネットは使いません。十ワットくらいの光なら現象がおこるらしいのです。音楽もいらないっていうことでした」

「ほう、そりゃなかなかの霊力だ」

「この間の浮遊現象なんか凄《すご》かったですよ。二、三人じゃ持てぬような大机が天井まであがりましたからね」

「今日の予定は？」

「物質化一本槍《いっぽんやり》でゆきます。メガフォンも人形もみんな片づけちまいます。物質化がでたら赤外線で連続的に撮ろうと……」

疲れてきた。なんでこんなに疲れるのだろう。こめかみが重くるしい。私は一番端の椅子に腰をおろし、相棒から煙草《たばこ》の火を借りた。

「なにが始まるんだね」

「なにかが始まるさ」

「俺はべつに見たくないよ。見たくなくなってきた」

「わざわざ出かけてきたんじゃないか。さっき聞いたのだが、今度の霊媒はこの町から一歩も外に出ないそうだ。だからこんな場所で実験をするんだ」

「出ないのは向こうの勝手だ。で、幽霊でもでるのかね」

「でるかもしれん。過去の人霊《ひとだま》がね」

「過去の？　どんな過去だ？」

「知るものか。みろみろ、霊媒がきたよ」

「俺は過去は嫌《きら》いだぞ」

「見ろよ」

「言っておくが、俺は……」

「しっ」

私は顔を横むけて、部屋の一隅に立っている小娘のあおざめた顔色を見た。結核患者にときおり見られる透きとおるような皮膚の色である。目はほそく鼻は低い。こちらを向いた。遠視のような目つきである。半ば隠れた瞳孔がどこかわからぬ遠方を凝然と見すえている。胸にリボンをつけた男が二人、彼女をかなり太い紐《ひも》で固定された椅子にくくりつけはじめた。私は首すじをかき、できることだったら欠伸《あくび》でもしたいと思ったが、欠伸はでなかった。

あたりが静かになった。電灯はとうに消されている。窓に暗幕のはられた室内は、十ワットほどの、かぼそい電球が二つともっているばかりである。観客は黒い一団の影となって身うごきもせず坐っている。私は目を閉じた。見ておいて損はしない。目をうす闇《やみ》に慣らさねばならぬ。息づかいが聞えてくる。隣りに坐っている白髪の男のものだ。息づかいが聞える。あれは誰《だれ》のだ？　なにか発見でもしようという私の相棒のものだ。あらい息づかいが聞えてくる。私は目を開き、むこうの椅子にくくりつけられた霊媒を見た。彼女は目をつぶっているようだ。眠っているのだろうか。深い、うっとりとした影が平べったい顔を隈《くま》どっているのがわかる。さきほどは気づかなかったが、年齢にしては成熟しきった乳房のもりあがりだ。それが遠目にもおおきく呼吸につれて上下している。すでに意識の半ばを失っているらしい。こんなことには驚かない筈《はず》だ。ヒステリーの朦朧《もうろう》状態もなんべんも見た。癲癇《てんかん》の重積発作もよく知っている。分裂病の昂奮にも慣れっこである。しかし私は魅せられたように眺めていた。口の中ににがい味がした。

囁《ささや》き声がきこえてくる。後ろにいる役員が話しているのだ。どうもうまくいかないだの、音楽を使ったらどうかだの、明るすぎるのではないかなど、なんの奇もない会話である。だが私はそれらにほとんど注意しなかった。地の底にひきずりこまれるような気分の中で、半ばぼんやりと、半ば真剣に、なにごとかを考えていた。結局そういうことなのだ。意識といい無意識といい、そういったものを区別することはつまらないことだ。想いだそうとするにしろ想いだすまいと努めるにしろ結局は同じことなのだ。これはたわごとだな。俺たちは事物を見る。好奇心というものは最後まで残るものだからな。この好奇心のおかげで、俺たちはこれからも嫌《いや》な思いやつらいことやちょっぴり楽しいことを味ってゆくのだろう。なんというたわごとだ。できることだったら深いところへ好奇心をむけないことだ。そっと表面だけ事物を見るのがいい。これはたわごとだな。たわごとのように見るのがいいのだ。たわごとにしたって、ずいぶん精力を使うのだからな。あの霊媒を見るがいい。ずいぶん精力を使っているぞ。

霊媒には激しい状態があらわれていた。さいぜんの小娘とは似てもつかぬ形相が、薄明りの中で、思いきり歪《ゆが》められ、硬直し、ついでぐったりと崩れさってゆく。全身をこまかい痙攣《けいれん》が走りすぎる。上半身をよじり、首をふり、縛られた手足がちぎれそうに身もだえる、精も根も使いはたして、やがてその首が前にたれる。手足がだらりとなる。そしてまた硬直。それからまたあられもない騒擾《そうじょう》。こうしたことがおよそ十分から十五分も続いた。——私はふたたび放心におちいり、べつのことを考えていた。何分か過ぎて、乾いた継続的な音が耳をうった。ラップ現象とかいうのだろう。私の二メートルほど前を、さいぜん別室に片づけられた筈の、夜光塗料をぬったメガフォンがころがってゆくのが見えた。つまらぬことだ。勝手にころがれ。

わきから突つかれて私は我にかえった。耳元で、おしころした声が囁いた。

「見えるか、おい」

「見ているよ」

「エクトプラズムがでているだろ」

霊媒はしずかになっていた。頭をうつむけ、ぐったりとして、微動だもしない。胸のあたりがゆっくりと波うっているだけだ。その喉元のあたりから、腰の方にむかって、白い、形をなさぬ、柔いか硬いかわからぬような物体が、下へ下へとさがってゆく。ふいに室内が明るくなった。見ると、ちいさな電球のフィラメントが今にも切れそうに白熱した輝きを放っている。それから一瞬パッと閃《ひらめ》いて消えた。いや消えたわけではない。もう一度ほの明るくともりだした。

「見たか」

　うるさい野郎だ。

「見ているよ。電気がついたり消えたりしてらあね」もっと何とか言ってやろうと思ったまま、私は口を閉じた。

　人々がざわついた。室内が完全に暗黒となり、二つ三つのメガフォンが夜光塗料の燐光《りんこう》をしたたらせて、電光形に宙をよぎったからである。メガフォンは不自然な運動をし、かすかな音を立てて床に落ちた。わずかに室内が明るくなり、霊媒が縛られたまま失神したように動かないのが見えた。エクトプラズムはもう消えている。人々はふたたび息をのんで静まりかえり、ねばっこい寒気があたりにたちこめている。それとも私の身体《からだ》が内部から冷えてくるのだろうか。そのとき、私には見えていたのだ。私は反射的に立ちあがった。霊媒の腰かけているすぐ横手に、人の恰好《かっこう》をした白い影、靄《もや》のようでいながらふしぎな厚みと形をなした白い影が見える。それはもうこの世にいない筈の私の知っているにんげんであった。私は一、二歩前にでた。誰かが私の肩をつかみ、私をうしろにひきもどした。私はよろけ、よろけながら霊媒の横手を見た。なにも見えない。そこいらは完全に暗闇がみたしていて、メガフォンが床に倒れ青白い燐光を放っているばかりである。たわけた話だ。だが私の血は氷《こお》っていた。私は音を立てて椅子に腰をおろし、隣りにいる相棒にかなり大きな声で乱暴に話しかけた。

「ちょっと行って、あのメガフォンを持ってこいよ」口が乾いていてうまく声がでない。「たしかに糸がついているぞ。ついでにあの女のオッパイをいじってみろ。こいつあペテンだ」

誰かがふたたび私の肩をつかみ、耳元ではげしく囁く声がした。

「静かになさらないと、出て行って頂かねばなりません」

私は立ちあがり、椅子をどけて、胸にリボンをつけたやせた背の高い男に向いあい、ぼんやりとしかわからぬそいつの顔を見つめ、そして言った。

「この、ペテン師め!」

外にでると、あたりはほとんど昏《く》れきったように薄暗かった。冷く灰色にたれさがった空を、ちらちらと細かい白いものが流れている。遠くから、おそらくはここから見えぬ遠方の山からとんできた雪片であろう。五分ほど歩いているうちに、それはやんでしまった。あたりに人影はない。対象のない憤《いきどお》りはすでに消えていた。「わからないな」と私は自分に問いかけた。「どうしたわけだろう、これは?」

そのくせ、なにを考えているというのでもない。どろどろにぬかり、わずか氷っている道に目をおとしていた。ところどころに刻まれている靴跡《くつあと》と下駄《げた》跡と馬の蹄《ひづめ》の跡を眺めた。すると心の底までが寒々としてくる気がした。

「すこし暖らなくちゃ」と、私はまた声にだして呟《つぶや》いた。「なんだか寒い、どうもひどく寒いな」

私のすぐ横を、小学校二年くらいの男の子が、すりきれたマントを頭からすっぽりかぶって追いぬこうとした。こめかみのあたりでマントをにぎっている手をうごかし、まじまじとさも不思議だという顔をしてこちらを見あげている。なぜか私はどぎまぎして、照れかくしに声をかけた。

「坊や、駅はこっちだな?」

男の子は足をとめたが、はじめて見る生物に会ったように、キョトンとこちらを窺《うかが》うばかりで答えない。ひびのきれた頰《ほお》のあたりに、いくつかの白癬菌《はくせんきん》、俗にいうはたけがはびこっている。

「坊やの学校はなんていうの？」

男の子の顔に猜疑心《さいぎしん》が一杯にひろがると、そのまま背をむけて逃げるように行ってしまった。どうせ不必要な質問だから、返答など得なくてもよいのだが、相手はそれこそ息せききって遠ざかってゆく。不恰好なまでに大きなゴム長靴をはいているので、道のわるいことなど頓着《とんじゃく》しなくてもよいらしい。

「長靴か」と私は三度つぶやいた。「ありゃあ便利なものだな、どうして実に便利だ」

のろのろと、このうえなくのろのろと、私は駅前の通りまでもどってきた。『バロン良ちゃん』と看板のでている店を見つけて内にはいった。粗末なテーブルの上に椅子が逆さまにあげられ、床は掃除したばかりらしくどこもかしこも濡《ぬ》れていた。若い女が一人、セーターのそでをまくりあげて、せっせとカウンターの上を拭《ふ》いている。年は二十二か、二十六か、あるいは二十四くらいかも知れぬ。ちらとこちらを見上げたが、なんにも言わずに不機嫌《ふきげん》そうに雑巾《ぞうきん》をしぼった。店の中央に、ドラム缶《かん》でつくったストーヴがあり、太い薪《まき》が勢いよく燃えている。そばに行って手をかざした。ずいぶん冷えているな、と私は思った。本当に俺《おれ》の身体はずいぶん冷えているな。それから私は壁に貼《は》られた値段表に目をやり、酒類が予想したより安いのを見て、すこし生甲斐《いきがい》を感じた。

「なにしに来たの？」と、はじめて女が口をひらいた。突っけんどんな口調である。おまけに石と金属をすりあわしたような、聞くにたえぬ声であった。「まだ店はひらいちゃいないよ」

「そんなら」と私は言った。「錠でもかけておくがいいや」

そして、テーブルの上から自分で椅子をおろして腰をかけた。

「坐ったって無駄《むだ》だよ。マダムがこなくっちゃ、ここはやらないんだから」

「ウイスキーをくれ」

「よそにお行きよ」

「どうも妙だなあ」と、私は自分に言った。「どうもおどろいたなあ」

「あたしはね」女は、まったく手入れのされていない長い髪を両手で二つにわけながら言った。「お客の相手をするのが嫌なのよ。面倒くさいの」

さっきほど突っけんどんな口調ではなかった。それに、案外やさしい響きが、その悪声のなかに籠《こも》っているようにも思われた。

「そりゃそうだろうなあ。だが、こっちだってそうだ。酒だけくれれば黙って飲むさ」

女はウイスキーのびんとグラスと水のはいったコップを、カウンターごしに手渡してくれた。爪《つめ》がばかにいい形をしていて綺麗《きれい》であった。どことといって取柄《とりえ》のない女ではあるが、爪だけはなんとも素晴らしかった。

私はひとりでウイスキーを飲んだ。十五秒かかって初めの一杯目をのみ、女に見えるように二杯目をついでから、女の隙《すき》をうかがってびんの口からごくごく飲んだ。それからグラスをとりあげ、ごくゆっくりと嘗《な》めるようにして飲んだ。

大分たってから、片づけを終った女が代りの水を持ってきた。「何杯のんだか、覚えていてね。マダムに怒られるから」その声ははじめとは打って変って柔かみがあり、ほとんど優しいといってもよかった。さいぜんの行為を見つけられたのかと思ったが、そうでもないようだ。飲んだだけの金はちゃんと払ってやろう。いや、ちっと余計にやろうか、値段表どおりだったらな。

「お客さん」と女が言った。やはり私のことを客と思っているらしい。「お客さんは東京だね」

「なぜ?」

「言葉がきれいだもの」

おやおや、と私は苦笑した。昔、高等学校の演劇部にいたとき、発音が不明瞭《ふめいりょう》だというので、一度も舞台に立たされたことがない。なんとかいう死人がよみがえって口をきく芝居をやったとき、私は遠くから死人の顔にライトをあてる係りであった。すると死人の乱れた髪のかげが、ぱくぱく動く口の上にちらつくのだった。

「お客さん」と、また女が言った。ストーヴのそばに自分も椅子をだして、編物を始めながら惰性のようにそう言った。ほそい水色の毛糸で、なにを作るのか私にはわからぬが、おそらく自分のものだろう。指先がすばやく機械的にうごいている。爪がとてもいい形で、なかなか綺麗だと私は思った。大抵の女はあんなふうに編物をする。なにを考えていても指はあんなふうに動くし、なにも考えなくたって何かができあがるのだ。男に会いにくるのか編物をしにくるのかわからないような女もいる。そのくせ涙をこぼすと、あわてて毛糸の玉でそいつをこすりあげたりする。つまり、たわごとのように編むのだな。編物はたわごとなのだ。

「お客さん」と目の前にいる女が言った。「むずかしい顔をしてるね」

「無理に相手をしなくっていい」私は腕時計を見、数えながらねじを巻いた。

「いい時計をしてるじゃない」

「これはね」と私は言った。「変り者の叔父が売ってくれたんだ。呉《く》れるのが嫌いな男で、五十円で売ってくれた。俺は生甲斐を感じたよ」

女がくしゃくしゃと顔を歪めた。笑ったのである。

「あたしもね、こないだ南京虫《ナンキンむし》を買ったんだけど、半月で壊れちゃった。でも、いい時計だったな。半値だというから買ったんだけど」

「そりゃいい時計だ」

「だって、動かなくちゃね」と女が言った。

「惜しいことをしたね」と私が言った。

「本当は安物だったのよ」と女が言った。「あたし、いい時計を買いたいなあ」とても女らしい声でそう言った。私はウイスキーをなめた。

「ちゃんと動く時計をしてるとね」と女はつづけた。「あたしはだらしがよくなるの」

「そうかね」

「お客さん」と、女が編棒の手を休めて言った。「生返事ばっかりしてるね」

「生返事？　いいや」

「忘れられないことでもあるの？」

私は前にいる女を――けだるそうな、ほそい尋常な目を見つめた。ほんの一瞬だが、そこにさきほどの霊媒に似た瞳《ひとみ》を見出《みいだ》すのではないかと危惧《きく》したのである。全くどうかしているな、と私は心に言った。おい、お前はよっぽどどうかしているぜ。

「あたしは忘れたいと思ってるのよ」女は腫《は》れぼったい目をすがめてこちらを見やり、

「ねえ、その人がどんなに素敵な人だったか、きいてくれる？」

「いやだよ」

「背が高いわ。そうだなあ、貴方《あなた》より二寸は高いね」

「やめてくれ」

「手も足も毛深かったわ、胸毛も生えてるし……」

「酒をくれ」

「お酒はそこにあるじゃない」

「ビールを……すまないが、ビールを一本飲みたいんだ」

「つまらない人ね」女は立上りながら、つんとして言った。

びんの肩に埃《ほこり》のついたビールは徒《いたず》らに冷いばかりだったが、値段表を信ずればビールは特に安かったので、私は生甲斐を感じた。しかし気がつくと、また編物をはじめた女の目に、涙みたいなものが光っているのを私は認めた。ストーヴの熱気がけぶたいのだろう。もちろんそうだ。しかし私は同時にこうも思った。その男はきっと素敵だったのだな。背が高く毛深くて、たわごとのように素敵だったのだな。

扉《とびら》が開き、私の相棒がはいってきた。

「どうせ、こんなところにいるのだろうと思ったよ」言いながら、残っていたビールを一息に飲んだ。「う、冷てえなあ。ねえちゃん、酒を熱くしてくれ」

「あたしは、ねえちゃんじゃないよ」突っけんどんに女が言い、それでもカウンターの中にはいって行った。

「心霊学協会会長とやらに俺は言われたぜ」と、彼は椅子《いす》を下ろしながらこちらをむいて言った。「あんな気ちがいみたいな人を連れてこないで下さいってな。君は気ちがいか」

「そうだよ」と私は言った。

「あれは気ちがいをみる医者だと俺は言ったんだが、すると向こうは言ったよ。とんでもない医者ですな。もっといろいろ言っていたぞ」

「心霊学協会会長の意見は別として」と私は言った。「あれから、なにか面白《おもしろ》い現象でもあったかい」

「あのまんまさ」と彼は言った。「ラップ現象がもの凄《すご》かったが、物質化は結局駄目だった」

「すると、何も見えなかったわけだな?」

「そうだよ」

「誰《だれ》も、何も、見なかったのだな?」

りを急に真剣な表情にな

「そうさ。なぜだい」

「いいや」と、私は首をふった。

「だが真面目《まじめ》な話、心霊術というものを、君、どう思う?」彼は急に真剣な表情になり声をひそめて言った。

「手品さ」

「そう怒るなよ。なんでそんなに不機嫌《ふきげん》になる必要があるんだ? 少なくとも意識的な手品じゃないな。集団催眠みたいなものだと俺は思うよ」話しながら彼は昂奮《こうふん》してきて、からのコップを飲み干そうとした。「ねえちゃん、いや、マダム。そこにいる女の方。酒をくれ、ウイスキーをくれ、ビールをくれ。なんとかあの霊媒だけを実験室に連れてくる方法はないものかな。俺はまず催眠術《ヒプノーゼ》からやるとしよう。あれは人間的な学問だからな。学問でも何でもすべて融合すべきだと俺は思うよ」

彼は日本酒とビールとウイスキーを、次々に一つのコップに注《つ》ぎはじめた。

「そこにソースがあるぜ」と私は言った。

「ソースは要らん」と彼は大真面目で答えた。「ところで、いま何時だい?」

「五時頃《ごろ》だな。いや、五時十三分だ」

「では、これを飲んだら出かけるとしよう。汽車の時間だ」

「切符は一枚でいいぜ」

「なんだ、帰らない積りなのか」

「あさって病院へ出ればいいんだ」と私は言った。「この町に安い宿屋があるかな」

「一泊百円のがあるわ」と女が口をだした。「食事つきで二百円よ」

「一体どうしたのだ」と彼は言ったが、拍子ぬけしたようにつけ加えた。「だが、それは安いな」

「俺は生甲斐を感じた」と私は言った。

「泊るなり何なり、好きなようにするがいい」と、彼は次第に私よりずっと年上のような声になりながらいった。「俺は帰るぜ。気ちがいの相手はごめんだからな。気ちがいがもっと生甲斐を感じるように、ここは俺が払ってやろう」

「好きなようにしてくれ」と私は言った。

私たちは、夜がこようとしている冷い大気の中へ出た。空はすでに暗色に閉ざされていたが、それでも靄《もや》のようなものが町の上におおいかぶさっているのがわかった。氷《こお》りかけたぬかるみの道が靴の下できしむ。ちらばった木屑《きくず》が電柱の裸電球の光に浮びあがっている。そしてどこからともなく、木の香とガソリンの匂《にお》いが漂ってくる。あの音はなんだろう？　乳飲児《ちのみご》が泣いているようだ。遠くから近づいてくる汽車のひびきのようだ。それとも氷りかけた地面全体がきしむのだろうか。──妙な町だ。

駅前で別れるとき、彼は私の顔をのぞきこみ、大層な高齢者のような調子で言った。なにかあったのかね、坊や。君はどうやら昔のように特別に純真になったらしいな。隠しても駄目だ。俺は動物学も精神医学も心理学もみんな知っているからな。いずれにしても結構なことだ。あの霊媒の娘っ子でも好きになったのか。あれは大した霊力の持主だぞ。そろそろ身をかためろよ、坊や。女は想《おも》いだすものだからな。そして実験室の二十日鼠《はつかねずみ》のように子供をつくれよ。なるたけ双児《ふたご》がいいぞ。双児はいろんな研究の役に立つからな。

暗い空も大地も凍えきり、私がこれから一夜を送ろうとしている町はあたかも低くかがんで身をちぢこめているように見えた。靄の中で、あちこちから灯がともりはじめている。私は肩をすぼめてのろのろとさきほどの店に引返し、他にすることがない者のようにカウンターの前に坐《すわ》った。

「あのお友達はなに?」と、テーブルから椅子をおろしていた女が言った。

「学者らしいね」と私は言った。「いろんな研究をするのさ」

「さっき、なんの話をしていたの」

「霊魂のことだ」

「霊魂ってなに？」

「この町にいて、霊魂を知らないのか」

「この町ってなにさ」と女は言った。「ここは、つまらない退屈な所よ。なにか飲む？」

「そうだな」と私は言った。「たしか、あそこに貼ってある値段表どおりだったね？」

「マダムが来ないうちはあれでいいの。安くないといけないんでしょう？」と、女は言って笑った。そう嫌《いや》な声ということはなく、案外魅力のある笑い声だなと私は思った。

「生甲斐を感じるって、あれ、どういうこと？」

「たわごとを感じることさ」と、私はこたえた。

谿《たに》間《ま》にて

終戦の年の秋、島々《しましま》の宿場から徳本峠《とくごうとうげ》を越えて上高地に入る谿間《たにま》の道は、むざんに荒らされた。宿場の川ぞいの家々が浸水したり砂に埋れたりしたほどの大水が出たのである。

1

私が実際にその有様を見たのは翌年の四月中旬のことだったが、当時、私は松本の高等学校の生徒で、毎日嫌《いや》になるほど腹を空《す》かしていた。その日も私は登校する代りに島々線の電車に乗り、途中の駅で下車して付近の農家を歩いてみた。すると思いがけぬことに、二升あまりの米を手にいれることができた。これは大変な事件というべきで、寮にいる私達《わたしたち》はたまに入手した米を飯盒《はんごう》に一つ炊《た》き、五、六人でわけ、乾燥味《み》噌《そ》をかけて食べるのが何よりの御馳走《ごちそう》だったのである。もちろん私はその米を寮に持帰り皆とわけあうつもりだったが、その前にせめて二合、いや四合の米を炊き、一人きりで食べてしまいたいという誘惑を防ぐことは難しかった。腹一杯飯をつめこんだ記憶などここしばらく私には見当らなかったのだ。私はその計画と一緒に、ちょっと島々谷まで足をのばして、噂《うわさ》に聞いた洪水《こうずい》が谿間をどれほど変らしたかを見て来ようと考えついた。いったん思いたってみると、背のリュックザックには飯盒はあることだし、米袋はずっしりと重く、どことといって具合の悪いところはなかった。

そうして着いた島々の宿場には、まだ洪水のなごりが歴然としていた。土砂に埋れて見捨てられた家を横に見て谿へはいってゆくと、破壊の跡は益々《ますます》あからさまになってくる。しばらく応急の新道を行き、ようやく見覚えのあるトロッコの軌道に出る。しかし銹《さ》びた線路は或《あ》るいはおし流され、或いは折曲って土砂にうまり、流木や大石が散乱して行手をふさぐのである。まさに荒涼そのものといった光景であったが、それでも仔細《しさい》に眺《なが》めると、崖下《がけした》にはみずみずしい緑が覗《のぞ》き、灌木《かんぼく》は赤っぽい芽をふこうとしていた。

そのときの私について述べれば、なにぶん精神的にも思春期であり、かつ極度の空腹のため尚《なお》のこと感傷的であったようだ。それゆえ、この人気のない谿間の風物は私の胸に沁《し》みた。たとえば私は自分を荒れはてた自然の一部だとも思ったし、そのふところに抱かれているのだとも感じることができた。するといくら自分の米だとは云《い》え、一人きりで何合かを食べてしまうことに後ろめたい気持まで湧《わ》いてきた。薄曇りの空からときどき日ざしの洩《も》れてくる肌寒《はだざむ》い日で、知らず知らず私の心はしめってきた。しばらく歩いた頃《ころ》、道は渓流《けいりゅう》にむかって崩れおちていた。川筋が変って行手が閉ざされているのである。私はその場にリュックザックをおろし、ひとまず昼食として持参した高粱《コウリャン》のにぎりめしを食べることにした。谿間の静寂をかきたてる瀬音に耳を傾けながら、私はぼろぼろした赤い高粱の飯をゆっくりと噛《か》んだ。——と、そうしている私のほかに、なにか生き物の気配がした。ごく微《かす》かな気配、極めて小さな生物がそこらを目まぐるしく飛びまわっているようだ。あまり速すぎるので正体を見極めるまでにかなりの時間がかかったが、それはヨツボシセセリモドキと呼ばれる昼間とぶ蛾《が》の一種であった。暗褐色《あんかっしょく》の小さな地味なその蛾は、荒廃した谿間の風景にいかにもふさわしい生物のように思われた。

私がそんな名称を知っているのは子供の時分から昆虫《こんちゅう》採集に熱中していたからで、信州の学校を志望したのも、この地に珍しい種類が多いというのが理由の一つでもあった。しかしさて入学した時には戦災で標本も何もかも失われてしまっていたし、戦争が終ってみても仲々昆虫採集どころの話ではなかったのである。が、そのときこの無人の谿間で、平地には見られぬ珍しい蛾が飛びめぐるのを見守っていると、忘れかけていた嘗《かつ》ての心情が徐々に蘇《よみがえ》ってきた。私は現在の自分を顧み、食べることに齷齪《あくせく》するのが嫌になったが、すでにそのとき握り飯をすっかり食べ終っていたせいもあったろう。それでも私は、時間もまだ早いことだし、この場ですぐ飯を炊くのは一応中止しようという結論に達した。

私は靴《くつ》の濡《ぬ》れるのもかまわず川の流れに踏みこみ、岸伝いにしばらく遡《さかのぼ》ってみた。岸のくずれた箇所を見つけ、這《は》いあがると、そこが道の続きであった。私は先へ先へと進んで行った。瀬音はどこまでも単調で、谿をはさむ両側の崖の岩は冷くくすんでいる。この辺では春はまだやってきていない。谿は、枯れて、沈んで、うそ寒かった。

道は崖の中途にあやうく組まれた丸太の上を通ることもあった。そうかと思うと、急に広まった河原の砂地に降り、流木がほしいままに散乱した中を行くようになったりもする。日当りのわるい崖下に、溶け残った雪があった。崖の上から渓流にむかってなだれおち、固く凍って、表面はどすぐろく汚れ、溶けきるまでにはかなりの日数がかかりそうに見えた。歩くにつれ、春の気配が遠のいて行き、日がかげると一層それが目に立った。

次第に荒涼とした雰囲気《ふんいき》が私を圧しだした。谿は人間を迎えるどころか、毅然《きぜん》として拒否する荒々しい風貌《ふうぼう》をおびてきた。見あげると、両側に迫る山は思いがけず高く、灰色の空が随分に狭《せば》められてしまっている。そうした中を、私は長いこと歩いた。道がふたたび崩れていて、横たわった朽木を越え、ころげている大岩を苦労して迂回《うかい》した。――と、そこに、うす穢《ぎたな》くうごいている人間がいた。

正直のところ私はぎくりとした。樵夫《きこり》にも出会いそうにない場所だったからである。その男ははじめ背を丸めてかがみこんでいたときには小柄《こがら》な老人とも思えた。しかし立上ってふりむいたところを見ると、もっとずっと若く、くろく日焼けして妙に精力的な顔つきをしている。皺《しわ》の刻まれた額の上方はいくらか禿《は》げあがっており、くぼんだ眼窩《がんか》の奥に、小さな、陰険そうな目が光っていた。薄汚れたフランネルのシャツの袖《そで》をまくりあげ、古びた軍隊ズボンをはき、手には泥《どろ》にまみれた小型のスコップを持っている。

男はいかにも不機嫌《ふきげん》げに私を見やった。まるで断りもなく自分の領地にやってきた侵入者を詰問《きつもん》するような目つきである。彼は眉《まゆ》をひくつかせた。そげおちた頰《ほお》の筋肉をふるわせた。なにか云おうとして、そのまま口をつぐんだという恰好《かっこう》である。一方、私もとっさに口をききかねた。山で行きあう人達とかわすひとことの挨拶《あいさつ》が、この男に対してはどうにも出てこなかったのだ。

私達は一瞬お互に見つめあい、目をそらし、それから私は歩きだしていた。それでも私は男のそばを通るとき、ほんの好奇心からその場の様子を盗み見た。スコップで掘ったらしく、崖下にかなり深い穴ができている。しかし私は、彼が一体何をしていたのかといぶかる気持より、一刻も早くその場から遠ざかりたかった。ところがそのときになって、相手は後ろから声をかけたのである。

「その道は行かれんよ」

それはおそろしく濁った声だった。ひどくぶっきら棒で、どうしても好感の持てそうにない声であった。私はふりむいたがやはり言葉は出ず、その男がへんに依怙地《いこじ》そうな顔つきでこちらに首をむけているのを見た。もう一度彼は云った。

「すぐそこで行きどまりだ」

「行かれないんですか」はじめて、そんなふうに私は問い返した。

「行かれんよ。橋が落ちているんだ」

どうしたものかと私は戸惑った。私にしてみれば、どうせ行先は決めていないのだし、歩けるところまで行ってみたかったのである。しかし黙って行ってしまうのはいかにも相手を無視するようだったし、そうかと云ってそのことを説明するのは尚さら億劫《おっくう》であった。私は身体《からだ》の向きを変え、男の方へと引返した。

「帰るんかね」まるで難詰するような訛声《だみごえ》で相手は云った。

私はうなずき、かすかな好奇心も手伝って男と向かいあって立止った。

「高等学校の学生さんかね」

「ええ」

見るとはなしに私は、男の足元にある雑囊《ざつのう》からガラス管が覗いているのに気がついた。一方が金網になっており、昔私が使ったことのある採集びんにそっくりである。男の風態とそうした器具とがあまり不似合であったから、私は元きた道を引返す代りに、煙草《たばこ》を取りだし、相手にも差出してみた。配給があったばかりのことで、私は巻煙草を十一本持っていた。

「いや、俺《おれ》はいいさ」

男は案外狼狽《ろうばい》したふうに手を振ったが、結局煙草を受けとり、受けとってしまうとかたくなな顔つきがいくらか和らいできたようだった。半ば愛想《あいそ》のように彼は訊《き》いた。

「何しにこんなところに来たんだね」

「何しにって、べつに……」

「ただ山を歩いてるって訳か」

「まあね」

男はふいにおし黙った。なにか内心でためらっているようだった。

「それじゃ学生さん、俺がここで何をしているかわかるかね？」

そう訊いたとき、確かに男の声の抑揚が変った。何事かを打明けたいというだしぬけの衝動からか、その小さな陰険そうな目はにぶく光ったのである。

「俺はな、蟻《あり》の巣を探してるんだ、蟻の巣をな」と、こちらにかまわずに相手はつづけた。「可笑《おか》しいと思うかね。或《あ》る特別な蟻の巣なんだ。ははあ、わかるまいな」彼は酔ったみたいに唇《くちびる》を歪《ゆが》めて話した。舌なめずりという言葉が当て嵌《はま》りそうな話しぶりである。「そいつを掘り起していってな、もしも、そこにちっぽけな芋虫を――いいかね、そいつは蝶《ちょう》の幼虫なんだぜ。もしもそいつを見つけだせばだよ、学生さん、こいつがどうして大したものなんだな。あんたには判《わか》るまいがね」

「じゃあ」と私は思わず口走った。「ゴマシジミの幼虫じゃあないんですか?」

ゴマシジミというのは最も不可思議な生活史を有する小灰蝶《しじみちょう》の一種である。山地に産するこの瑠璃色《るりいろ》をした可憐《かれん》な蝶の幼虫は、四齢になると食草から離れ、クシケアリという蟻の巣にはいりこみ、蟻の幼虫を食べて大きくなると云われている。これは近似の種類の外国に於《お》ける研究の結果だが、日本のゴマシジミが果してどのような経歴をへて成虫となるか、当時はまだ探られていない謎《なぞ》であった。してみると、いま目の前にいるこのむさくるしい初老の男は、案外むかし私が憧《あこが》れていたような隠れた研究家なのであろうか。

しかし私の言葉を聞いて、相手はもっと驚いた様子だった。彼は疑いぶかい目つきでじろじろと私を眺めまわした。

「あんた、昆虫を集めたことがあるんだな?」

「昔ですけどね」

「それじゃあきっと、標本を買ったこともあるだろうね」

私は瞬間、実に懐《なつか》しい幾つかの情景を憶《おも》いだした。せいぜい三、四年前の事柄であったが、遥《はる》かに遠い過去の記憶のような気がした。私の家の近所に採集器具と標本を売る専門の店があり、硝子戸棚《ガラスとだな》の中にはいつも美麗な外国産の昆虫が展示されていた。どれもかなり高価で、中学生の私にとっては贅沢《ぜいたく》にすぎる買物であったが、私はどうしてもその何匹かを購《あがな》わざるを得なかったものだった。

「俺はな」と、しゃがれた男の声が私の追憶を打消した。「俺はむかし蝶の採集人だったのさ。標本屋とか博物館にやとわれてな、朝鮮や琉球《りゅうきゅう》にも行ったし、台湾には何度も行った」

私はあらためて相手を見やった。やはり意外だったからである。

「学生さん」と、男は急になぜかせきこんだふうにつづけた。「あんた、フトオアゲハという蝶を知っているかね」

肉のそげた頬がひくひくと動き、くぼんだ眼窩の奥から為体《えたい》のわからぬ熱っぽさをおびた目がじっとこちらを見つめている。それは確かにあまり気持のいいことではなかった。——私は無言でうなずいた。

「ははあ、知ってるだろうな。そりゃ知ってる筈《はず》だ」と、男はさも満足したように乾いた上唇を嘗《な》めた。「だが、フトオアゲハの標本が一体世界に何匹あるか、あんた知っているかね。俺はな、学生さん、そのフトオアゲハとちょいと関係があった訳さ。ちょいとどころじゃない、あいつのためにはどえらい苦労をさせられてな、俺はそれから人間が変っちまった。そうだ、学生さん、その話をきかしてあげるか。いや、俺はあんたにぜひ聞いて貰《もら》いたいんだ」

こんな具合にして男は話しだした。傍《かたわ》らの岩に腰かけ、性急な訛声で、ときどき上唇をなめながら話しだしたのだ。

断っておくが、もとより彼はこの通りに話したのではない。しかし私の心象の中で、私の夢想を駆りたてながら、確かに次のごとく物語ったのである。

2

「俺《おれ》はな、学生さん、まったくの無学の男でもないんだぜ。俺はちゃんと農林学校へはいったんだ、高等農林へな。ところがちょうどそのとき家の方がつぶれちまって、それでも俺は百姓なんぞやるのは嫌《いや》だから、東京に残って色んなことをやった。あんたなんか知らないような色んな商売をな。そんなことをしているうちに、ひょんなことで或《あ》る標本屋に頼まれてね、蝶を採る商売にはいっちまったんだ。はじめは浅間山にミヤマモンキチョウを採集に行ってな、莫迦々々《ばかばか》しいが百姓よりましだと思ったよ。こいつは少しは学問的な職業だからな。二年もするうちに俺はもうひとかどの採集人になっていたよ。もともと俺には才能があったんだろうな。どいつもこいつも一人前の採集人になれるものじゃないさ」一息ついてから彼はつづけた。「まあそんなことは別として、そうだ、もうかれこれ十年以上も前になるかな、その夏俺は台湾にいたんだが、嘉義《かぎ》から埔里社《ほりしゃ》を通って卓社大山って山へ登った。高山植物を依頼した人がいたのでね。嘉義からは軽便鉄道があるが、途中からは台車と云《い》ってね、まあ内地のトロッコだな、そいつを苦力《クーリー》に押させてゆくんだ。案外わるくない気持だぜ、こいつは」

埔里は台湾中部の一盆地の中央にひらけた街である。西海岸から台車線がのびているだけで交通は不便だが、この辺りは世界でも名の知られた蝶類の多産地なのだ。台車は坂をくだるときは怖《おそろ》しいほどスピードが出るが、逆に急勾配《こうばい》の坂では汗みずくになった苦力が満身の力をこめて押しあげる。もちろん日本人は労《いた》わりの言葉をかけるどころか、台車に置かれた空箱の上にふんぞりかえっている訳だ。そうして台車が進むにつれ、周囲からは五色の雲が湧《わ》きたつように、けばけばしい鱗粉《りんぷん》に装われた蝶が舞いあがってくる。しかし金のために蝶を採る彼にとっては、それが特に珍しい種類でもないかぎり別段の感動も起らないのだった。

「本当のことを云うと、採集人なんてものはうまく使われたものさ。俺がいくら珍種をとっても、最初のうちは契約した金しか貰《もら》えなかった。その頃《ころ》一匹何十円もする種類でも、こっちはそんなことは知らないのだからね。それで俺は自分で段々と勉強した。できるだけ珍しい種類を採って、しかもその価値を知っていることが大切なんだ。だから蝶の名前だったら、俺はそこらの学者と同じくらいよく知っているよ」

埔里、昔の名で埔里社は、台湾にいる人種の一寸《ちょっと》した集会場である。街からして赤《あか》煉瓦《れんが》の支那《シナ》建築と日本家屋がいりまじり、行きかう台湾人の中に、赤い毛糸の前掛をした霧社《むしゃ》の蕃人《ばんじん》や、皮の帽子をかぶったハックの蕃人などが目につく。

彼はブヌン族のハンタラという若者を前から知っていたので、このたびも蝶の採集を依頼した。翅《はね》がいたんでないことを条件に、種類をかまわずごく安く蕃人に蝶をとらせるのがこの商売のコツなのだ。

「俺がはじめ損をしたのと同じことを奴等《やつら》にやらした訳さね。奴等がどんな珍種をとってきても、何喰《く》わぬ顔で百羽ひとからげに買いあげる。この蝶をもっと採れなんて云ってはダメなんだ。奴等はあれで仲々こすいからな。俺は埔里社に二日いて、次の朝には一人で卓社へむかって出発した。荷物はあるし、それにあの植物採集の胴乱って奴は実に邪魔っけな代物《しろもの》だな」

埔里には三度来ていたが、卓社へは初めての旅である。水牛のいる水田地帯を長々と歩いて過抗と呼ばれる蕃社に着くと、そこからは五里の山道だ。凄《すさ》まじいまでの暑熱。頭上から焼きつくすばかりの光がそそぎ、赭土《あかつち》の地面からはひっきりなしに陽炎《かげろう》がたちのぼる。汗にまみれて喘《あえ》ぎながら坂を登ると、やがて彼は鬱蒼《うっそう》たる原生林にとりまかれていた。

ありとある樹木は垂直に、或《ある》いは曲りくねってほしいままに伸びている。幹という幹に羊歯《しだ》やシノブの類が根をおろし、蔓《つた》が蛇《へび》のようにからみ、闊葉樹《かつようじゅ》のこまかい繁《しげ》みから洩《も》れる陽光に明暗の影を織りだしている。絵具のチューブからそのまま擦《なす》りつけたようなどぎつい原色だ。更にこの豊穣《ほうじょう》な色彩の中をとびめぐる亜熱帯の蝶と鳥、少しも姿を見せぬ蟬《せみ》たちの大合唱がある。内地の蟬の何倍もの種類が思い思いの声で大森林をゆるがせるのだ。

「俺がもし学者だったら、と俺は思ったね。こいつは悪くない眺《なが》めだろうなってな。食いしん坊の男が御馳走《ごちそう》の山にとりまかれたようなものさ。だが俺は一介の採集人だから闇雲《やみくも》に捕えるだけだ。しかし俺の手際《てぎわ》をあんたに見せてやりたいよ。つまりだね、蝶がそこに来た、駄蝶《だちょう》かどうか完全品かどうかを見わける。そのときにはもうそいつは網にはいっていて、次の瞬間には三角紙に収まっているって寸法さ。俺の三角缶《かん》は特大で、三角紙もパラフィン紙でなく薄い水分の通る和紙を使っていた。そうでないと台湾じゃ採集品がむれるんだ。こんなことはみんな、俺が自分で工夫したことなんだぜ」

夕方ちかく彼は卓社の駐在所に着いた。右頰《ほお》に嘗《かつ》ての蕃人との戦闘でうけた傷跡のある年老いた巡査が、しまってあった日本酒の一升びんをあけてくれた。昔はこの辺りも護衛つきでなければ山にはいれなかったのである。真新しい蠅帳《はいちょう》が三つもあるので聞くと、油虫が多くて食物でも何でもうっかり置いておけないため、台北からわざわざ取り寄せたという話であった。云われてみると、なるほど壁の隅《すみ》に幾匹も巨大なゴキブリが貼《は》りついている。内地のゴキブリの二倍くらいあるワモンゴキブリという種類で、彼もそれまでに何回か苦い経験を嘗《な》めている。折角の採集品を一晩のうちに胴体だけ綺麗《きれい》に喰われてしまうのである。その日の採集品は三角缶から出して紙箱に移す習慣だったが、彼はその晩は箱を丁寧に包んでリュックザックにしまって寝た。巡査の話によると、人間でも寝ているときに顔に喰いつかれたりするとのことであった。

「翌日はいよいよ卓社大山へ向かった。山登りという奴は大体俺は苦手なんだ。俺はたとえばあんたみたいに別に山を歩いて愉《たの》しいとも思わんからな。尾根道で、太陽を避けようにも木蔭《こかげ》一つないんだ。その光の強いことと云ったら、とても内地じゃ想像もつかないな。一体あっちの蝶のあんな綺麗な色は、あんな光があるから生れてくるのじゃないかな。それに台湾の山で一番恐しいのは毒蛇で、百歩蛇だのアマガサ蛇だのっていうのがざらにいる。百歩蛇ってのは嚙《か》まれたら百歩行くうちに死んじまうって奴で、そいつをよけるために俺たちは皮の長靴《ながぐつ》をはいているんだ。これはあんた、そりゃつらいことだよ」

その日は海抜九千尺あたりの平坦《へいたん》な露営地に泊った。栂《つが》の皮で屋根をふいた狩猟小屋があり、一夜をあかすには充分である。近くの沼で濁った水をくみ、焚木《たきぎ》を集めた。空の色がまばゆい輝きを失い、頂上と思われる方角から白い霧がおりはじめた。彼は夕刻までの時間を、附近の草原を弱々しく飛んでいるアリサンキマダラヒカゲなどを捕えて過した。

「そうしているときだった。俺の頭の上を、だしぬけに黒っぽい影が飛んで行ったんだ。もう昏《く》れかかっていて、そいつは影みたいに飛んで行って林の梢《こずえ》を越して見えなくなったが、後翅《こうし》に白と柿色《かきいろ》の紋があるのが確かにわかった。さてと俺は考えたね。今の奴は一体なんだ？ ナガサキアゲハかワタナベアゲハの雌か？ そうじゃない。ベニモンアゲハか？ いや、違う。俺はほんのチラと見ただけなんだが、それは長年のカンさ。可怪《おか》しいなあと思ったんだが、まあ光線の加減で平凡な種類が変ったふうに見えたのかもしれないと、そのときはそれきり考えるのをやめてしまった」

その夜は寒かった。台湾でも高山の夜は冷える。彼は一度ならず起きあがって、土間の残り火をかきたて、毛布にくるまって寝苦しい夜を過した。

「それに蚤《のみ》がいやがってな。あんな高い所の、しかも不断は無人の小屋にどうして蚤がいるのかな。ほかの小屋でも、日中にはいって行っただけでバラバラとびつくほどいるところがあるんだ。翌朝は暗いうちに起きて、下で聞いた話じゃあどんなにゆっくりしても昼までには小屋に帰りつくというので、荷物をすっかり置き、胴乱と三角缶と網だけ持って小屋を出た」

天気は上々のようであった。黒く沈んでいた山肌《やまはだ》が朝の斜光をうけて襞《ひだ》ぶかく浮きでてくる。しばらくは草地帯を行き、ついでニイタカトドマツの小暗い森林の中を登る。空気は身ぶるいするほど冷く、木の根も岩角も厚い苔《こけ》に覆《おお》われて真青だ。下草の露にぬれたズボンから冷気がしみこむ。急勾配で、しばしば手を使ってよじのぼる。

これがかなり長いこと続いた。

いつしかトドマツの林がまばらになり、ニイタカビャクシンがそれに代った。檜科《ひのき》の常緑灌木《かんぼく》だが、この辺では随分と丈高くのびている。その丈が次第に低くなり地上に枝をひろげるようになると、急に辺りに高山の気配が漂いだした。ニイタカキクイタダキのほそい鳴声がする。

視界がひらけ、片側はガレ場となり、斜面にはとりどりの高山の花が風にゆれている。下界の色あでやかな熱帯の花とは異なり、いずれも稀薄《きはく》な空気に住む清楚《せいそ》な花々である。

「俺は植物にはくわしくないから片端から折りとって胴乱につめこむだけだ。頂上はまだ先らしいが、俺は登山に来た訳じゃないから、その辺りで胴乱を一杯にした。あとはその日のうちに卓社まで降り、新聞紙にはさんで腊葉《さくよう》にしておいて、埔里社から小包で送ればいい。まあ職業柄《がら》から見つけられるだけの高山植物を採りはしたがね」

日が高まり、冷えていた肌に快い直射を送ってくる。蝶類はあまり見当らない。そろそろ下山しようと思いながら、彼は茅《かや》の上に腰をおろして一服した。なんだか下腹がしくしくするようだ。昨夜の仮寝に冷えたのかも知れぬ。

「俺が立上りかけたときだった。ひょいと見るとな、下の樹林が草地帯に移る辺りから、黒いアゲハが一匹、山腹にそってこっちに飛んでくるじゃないか。一目見て、昨日の奴だ、と俺は直感したな。目の錯覚じゃあない。何だかわからないが、とにかく今までお目にかかったことのある蝶じゃあないんだ。そのときは俺はもう草っ原の斜面を駆けだしていたね。そいつは真直《まっすぐ》にこっちに向ってきたんだが、急にむきを変えやがった。俺は夢中で走ったが、最後のところで追いつけなかった。しかし俺はハッキリ見たんだよ。そいつの尾は莫迦に広かった。俺は気がついて叫んだよ、馬鹿《ばか》野郎、あいつはフトオアゲハじゃないか！ってな」

フトオアゲハという蝶は昭和七年ごろ台北州烏帽子《えぼし》河原ではじめて発見された珍種中の珍種である。特に変っているのは後翅の尾状突起の幅が広く二本の翅脈を持っていることで、このような鳳蝶《あげはちょう》は他に支那に一種知られているにすぎない。すでに種属保護のため採集は禁止されていたが、今までに採集された数はわずか六匹だけである。彼はそうした話を聞いてもいたし、雑誌に載った原色写真を見せられてもいた。

「だがまさか、そんな所でそいつの実物にお目にかかろうとは思わなかった。口惜《くや》しかったね、実際。あいつを捕えたらどれだけで売れるだろう。むろん俺を雇っている標本屋なんぞに渡しはしない。そっと誰《だれ》か個人の蒐集家《しゅうしゅうか》のところへ持って行けば、値段はふっかけ放題だと思ったね。俺はもうどうしたって、あいつを採らないうちは山を降りまいとまで決心をした」

勿論《もちろん》蝶はどこへ飛んでゆくかわからないが、一匹の蝶の行動範囲は案外ある程度定まっていることが多い。殊《こと》にアゲハ類は飛翔力《ひしょうりょく》こそ大きいが、蝶道というものがあって、同じ林なり同じ尾根なり、おおよそ一定の道すじをたどるものである。昨夜泊った小屋の附近で見かけ、今日またここで出会ったことから、そのフトオアゲハがこの山をめぐって飛んでいるらしいことが推測できた。

「あいつはきっと戻《もど》ってくると俺は信じたな。一日に何回まわるのか知らないが、腰をすえてはりこんでいれば必ずもう一度会えるだろう。昨日の奴と今日の奴が別の蝶だとはちょっと考えられない。だがひょっとして一匹以上いるとしたら、それこそ新産地だし、大発見というものだ。山道を歩くのは嫌だから、俺は運を天にまかせて草原に寝ころんで待つことにした。半分気違いじみているがね。だけどな、特別の幸運があったとしても一生に一度お目にかかれるかどうかわからない珍種を見つければ、誰だって気違いじみてもくるさ。学生さん、あんただってこういう気持、わかるだろう?」

しかし待つことはつらかった。直射する強烈な光の粒子が、一時間前には冷えていた皮膚を焼きはじめる。下腹はさっきからしくしく痛む。彼はオイワケメダケの群っている中にわけいって用を足した。水っぽい下痢便《げりべん》である。心なしか身体《からだ》がだるい。台湾に多い伝染病への杞憂《きゆう》が心をおそったが、彼はそれを無理にふりはらって、高山植物の中に寝そべった。といって眠ってしまう訳にはいかぬ。

一度二度、くろい影が下方の山腹に見えた。緊張して網をひきよせたが、すぐにそれはどこにもいる駄蝶にすぎぬことがわかった。見ていると彼等はみんな頂上の方角に消えてゆくようだ。山頂に蝶が集るのはよく見うけられる現象である。上昇気流が関係しているのであろう。

「で、俺はとどのつまり、頂上まで行ってみることにした。暑くってね、だが腹にわるいと思うし、水は水筒に半分しきゃないし、一口飲んで我慢するだけだ。ガレを登りきると、次にはこんな真直な崖《がけ》がありやがる。岩角とシャクナゲの枝につかまってやっとのことで攀《よ》じのぼると草原にでたが、向こうにちょっぴり高く、まるで築山《つきやま》みたいな頂上があるんだな。特にあの頂上に蝶が集るという理由なんて見つからないんだ。それでも俺は結局そこまで歩いて行ったよ。万一という奴にひかれてね。糞《くそ》、いまいましいじゃないか、この万一なんて奴はな」

短い笹《ささ》の生えた頂上は、柔和な表情をたたえていた。ナガサワジャノメが笹の上をのんびりと舞っている。下方を眺めると、西北に埔里盆地が光をあびてひろがり、さらに遠方に立ちはだかる水成岩山脈のつらなりが望まれた。彼はそれを一瞥《いちべつ》し、ぐるりを見まわし、たまに目に映る蝶影に注意をくばった。いずれも目ざす相手ではない。胃の辺が押えつけるように重苦しい。彼は露出している石英をまじえた砂岩の上に唾《つば》を吐いた。胃液に似た味が舌に残った。

うっとうしい、いらだたしい、途方にくれるような時間の経過であった。すぐ下手の谷間から白い雲が湧《わ》きはじめた。台湾の山地に特有な、ねばっこい、鱗《うろこ》に似た雲である。けだるさが身をむしばみ、急にすべてが莫迦々々《ばかばか》しくなり、ついで、自分でも為体《えたい》の知れぬ執念がわき起ってくる。

頂上もやがて霧に覆われだした。ニイタカコケリンドウの紫色の花の上にこまかい霧が這《は》いより、笹をさすり、湿っぽいヴェールの中につつみこんでゆく。これでは蝶も集るまい。

彼は元きた道を引返し、急勾配の崖をすべりおりた。今朝ほどフトオアゲハを見つけた附近には、まだ陽光がさんさんとふりそそぎ、草いきれと山の香があった。地味な小さなジャノメチョウがひょいひょいと草間を飛ぶのを眺め、あくまでも緑濃くうねっている山の起伏を見おろし、それから彼は腰をおろす。気ぬけがして、強すぎる光線が目に痛い。生ぬるいというより温かい水筒の水をすする。立上り、四方を見まわし、がっかりして坐《すわ》りこむ。徒労だな、と自分でも思う。

足元のフクトメキンバイの黄色い花弁に目をすえてぼんやりしていた彼は、いきなり捕虫網をつかんではねおきた。黒い鳳蝶がまさに頭上をよぎろうとしたからである。しかし、すぐと彼はよろよろと腰をおろす。かなり翅の古びたアケボノアゲハが、至極ゆっくりとその上を飛びこえて行った。

「阿《あ》呆《ほう》、と俺《おれ》は何度も自分に呟《つぶや》いたな。もう卓社まで降りるには遅すぎる。どうでももう一夜あの小屋に寝なければならない。俺は無性に怒りっぽくなっていたよ。仰向《あおむ》けに寝そべってみても、また気になって起上るんだな。なにしろ相手は素早い奴だから、一寸《ちょっと》の油断でなにもかも水の泡《あわ》になっちまう。あんな莫迦々々しい苦労もあんまりないな」

長いこと、実に長いこと彼は待った。近くにやってきた蝶も相手にせずに、朝フトオアゲハが現われた方角を見つめていた。そこにも雲がおりてきて、熱気にほてった草地をつつみだした頃《ころ》、やっと彼は腰をあげた。空腹なのかどうかも定《さだ》かではない。依然としてにぶい鈍痛があった。

「腹を立てる気力もその頃はなくなっていたよ。朝からキャラメルを何粒かしゃぶっただけなのだからな。帰りの坂道は道はかどるが、苔《こけ》にすべって何度かころんだ。

そのときは、もう明日は一刻も早く卓社にくだろうとばかし思っていたね」

四時前には狩猟小屋に着いていた。いざ着いてみると、食事よりもやはりフトオアゲハのことが気にかかる。結局彼は網をさげてそこらを行ったり来たりした。山頂の方角は完全に雲におおわれている。明日になったらどうするか、まだ彼は決めかねていたが、そんなことより、次の瞬間に、あの特徴ある翅をうちふって貴重な姿が現われることを念じつづけていた。

「暗くなってきたときには、もう何もかも嫌で、飯を炊《た》くのまで億劫《おっくう》だった。板の間に毛布にくるまって横になったが、筵をうんと敷いてもどうにも背中が痛い。だが昼間の疲れで間もなく寝てしまった」

真夜中ごろ、彼は目をさました。胃の辺りにさしこむような疼痛《とうつう》がある。そのうえ間隔をおいて吐気がやってくる。持っていた錠剤と念のためキニーネまで飲んでみたが、収まる気配がない。彼はひやりと夜気を感じる戸外へ出てゆき、喉《のど》に指をさしいれ、すこし吐いた。それ以上はどうしても吐けない。毛布にくるまり、両手で腹を押して痛みをこらえた。一時間も経《た》ってようやく楽になったが、鈍痛はなお去らない。

「眠れないので、俺は昼間たしかにこの目で見たフトオアゲハのことを考えて痛みをまぎらわそうとした。すると本当に痛みが去っていくんだね。あいつをもし捕えることができたらどうしようかと思った。すぐ売ってしまわずに、しばらく自分で持っていたいような気もした。なにしろ世界に幾つもない標本を持っていることは悪くない気持じゃないか」

徐々にこの考えが彼を魅しはじめた。今まで彼は一体どれほどの蝶を採集したことか。それで生活を立ててはきたが、それらの蝶は愛好家や研究家に買われていった筈《はず》だ。硝子《ガラス》の中に封じられて装飾品となっているのもある。しかしそれらはあくまでも持主のものであり、彼という採集人のことなど完全に抹殺《まっさつ》されているのである。

「俺はMという蝶類蒐集家の標本を見たことがある。その男が死んで、遺族が標本を博物館に寄贈したので、その記念の展示会だった。いや見事なものだったよ。世界各国の蝶が八十箱ほど並んでいてな、殊に南米のモルフォ蝶とかアグリアスなんぞの光沢は美術品以上だな。ニューギニヤのアレクサンドラアゲハにしたって凄《すご》いくらいの美しさだな。台湾の蝶もむろん沢山あった。俺がまだ採ったことのない奴《やつ》もかなりあった。そのうちに小灰蝶《しじみちょう》のところを見ていると、シロシジミが一匹だけあった。こいつは珍しい種類で俺も一匹しか採ったことがない。ところがそいつを見て、おや、と思ったね、こいつは俺の採った奴じゃないか。右の尾状突起が少し傷《いた》んでいて鱗粉《りんぷん》がおちている。俺がはじめて台湾に行ったとき採集した奴なんだよ。その頃は俺はまだ知識がなかったんだが、標本屋の親父《おやじ》が残念がったので覚えている。親父は云《い》ったよ、君、こいつは惜しいなあ、完全な奴がとれなかったかね、とな。完全品と傷んだ奴とじゃあ値段がまるで違うからね。それからなんとか修理して見栄《みば》えをよくしようとしたもんだが、それだけにはっきりとよく覚えている。Mの標本はそれだったのさ。俺は妙な気持になった。Mは学者というより愛好家で、もちろん自分でも採集したろうが、あとは交換とか購入で蒐《あつ》めたものだ。金持だったから買ったのが多いだろう。それでもちゃんとM氏の標本でとおっている。会場に集った人々の様子を見ると、みんな感心して眺《なが》めているじゃないか。その中の幾つかはこの俺の採集品かも知れないんだ。そのとき俺は、いくら蝶のおかげで食っているとはいえ、ちょっと情なくなったよ。チェッという気がしたね。たとえばいくら札を並べておいても、誰もこんな標本を見るように尊敬はしまい。標本って奴はなかなかどうして学問的に見えるからな。Mという男がどんな能なしにしろ立派に見えるし、また実際のところ立派に学問に貢献している訳だからな」

すると急激に彼の心に、フトオアゲハを手放さずに持っていたいという欲求がこみあげてきた。宝石は数が少いから貴重なのだし、虫けらだってその通りなのだ。

「俺は学者とか研究家とかいう人達《ひとたち》がねたましくなったね。彼等《かれら》は尊敬される。学問があるからだ。ところがその研究材料を提供する俺なんぞは全く顧みられない。そりゃあ俺はせいぜい蝶の名前を知ってるだけの男さ。しかし俺が金に困らなければ少くとも蒐集家にはなれる。素晴しい標本を並べて世間の連中を驚かせることはできる。そんなふうに俺は考えたんだよ」

うとうとと彼は眠った。ときどき目ざめ、夜気の冷たいこと、下腹がにぶく痛むことを感じとった。

「フトオアゲハを持っていてみろ、それだけで俺は特別な人間じゃなかろうか。あんただって、この気持は知っている筈だ。俺は長年採集をやってきて、そんな気持を不思議に起さなかったんだ。しかしそのときは、そんな所有欲《しょゆうよく》がいっぺんに燃えたぎってきやがった。見ていろよ、あのフトオアゲハは遁《のが》さない、そう俺は決心したんだ」

毛布をかきよせて再びまどろむ。何回か短い仮睡をくりかえすうち、闇《やみ》が白んできた。天候が気がかりで、すっかり夜が明けきるまで彼は何回か外をのぞきに出た。めぐまれた天候になりそうだった。

附近の水たまりで水をくむ。落葉を沈めた浅い水底にヤゴが前肢《まえあし》を動かしているのが見える。火をつくり、飯盒《はんごう》をかけた。食糧はわずかで、今日獲物に会えなければ卓社に戻るより仕方ないだろう。半分を握り飯にし、あとの飯に水を足して粥《かゆ》にした。

腹具合はまだ不安だったが、食べておかなければ山へ登れまい。空気はまだ青みがかり、身ぶるいするほど寒い。火に腹をつきだすようにしてあたり、塩をかけて粥をすする、舌に快かった。食欲があるようなら大丈夫だ。

しかし食べ終えた頃、腹痛が激しくなった。林にはいって用をたすと、昨日よりひどい下痢便で、いくらか赤いものがまじっている。ぎくりとした。この地の旅で一番おそろしいのはマラリヤを始めとする各種の伝染病である。残っていた錠剤をみんな飲んだ。それも台北の薬屋でいい加減に買ったもので、効能書によればチフスや赤痢にも効くらしいが、あまり当てにはならぬ。台湾では手放せぬキニーネものんだ。気のせいか足がふらつくような気もする。額に手を当ててみる。いくらか熱もあるようだった。

採集用具と水筒と弁当だけを持ち、彼は小屋をあとにした。それにしても危懼《きく》と逡巡《しゅんじゅん》は大きかった。飛翔力のある鳳蝶が相手である。考えてみても、おそらく一羽きりの珍蝶に二度と出会う可能性はどれだけあろう。こんな身体具合で山頂あたりで動けなくなったら冗談事ではすまない。

そのとき梢《こずえ》をとおし、この空地にもはじめて朝の光がさしこんできた。北回帰線間近の、純粋な、力にあふれた、万物を活気づける光線である。同時に幾匹かのタテハチョウが林の梢に乱舞を開始するのが見えた。彼は網の柄《え》を握りなおし、上へむかって歩きだした。

トドマツの密林の中は苔《こけ》の匂《にお》いが満ちていた。原始林には畏怖《いふ》を誘う一種特有の気配がある。その鬼気にちかいものを彼は感じた。自分が一人きりだということをも。そんなことは生れて初めてのことであった。すべてが生れてはじめてで、同時に莫迦げきっているように思われた。

丈高いヤダケの藪《やぶ》の中に鹿《しか》の通り路《みち》が見られた。獣臭い香が鼻をつくのである。密林を抜ける頃、もう一度便をした。ほとんど粘液ばかりで、血らしいものは混っていない。それにしてもこの疲れようはどうだ。と云って、今さらすべてを放棄する気にはむろんなれぬ。

「そんなところにも俺の損得勘定がでてるのかな。これだけの思いをして、手ぶらで帰るなんてあんまり癪《しゃく》だ。登って行ったところでもっと無駄《むだ》骨折りだとは内心じゃわかっているんだがね。こうなると心が二つに別れちまって、両方でぶつぶつ云いあってことになる。足の方は、その間に半分勝手にうごきやがった」

突然、彼は半歩とびすさって息をつめた。蛇《へび》である。岩角をつかもうとした手にあやうく触りそうになったのだった。彼の知らぬ蛇で、もたげた首の下に白い輪があった。頭がぐっとふくれているから毒蛇には違いない。彼はちょろちょろと吐きだすその舌を見、ついでもう少し後ずさりしてから石を投げた。蛇は素早くとぐろをほどくと、うねりながら下草に消えた。彼はふたたび登りだした。

闊葉樹《かつようじゅ》の林もきれ、ビャクシンの枝の這う斜面を横にからみだした頃、柔かな太陽の光が彼を暖めてくれた。山麓《さんろく》の焼きつくすような熱気はまだ含まれていない。快晴だ。雲一つ見られぬ澄みきった空の色だった。足元に高山の花がふえだした。

腰をおろし、草地帯と下方の蒼《あお》ぐろい森林地帯を見おろす。内地にもいるキアゲハが斜面をするように飛んできた。練習のつもりで網をかまえたが、蝶は彼の立っている十米《メートル》ほど下で頂上の方へ向きを変えた。追ってみたが結局網はとどかない。ここは足場が悪いのだ。やはり頂上で待つべきであろう。

息をきらして辿《たど》りついた山頂には、やわらかな静寂が漂っていた。山麓は炎暑にもえたつ時刻だが、高山のみに見られる和らぎがここにはある。しかしそれすらかえって彼の焦心をかきたてたし、腹痛はなお去らない。

「来やしないさ、と俺は呟いたもんだ。フトオアゲハなんぞ来る筈がないじゃないか。ほかの駄蝶はくる。そら、あそこに来た。翅《はね》が傷んでいるな。ところであいつは新鮮な奴だった。完全な標本になる、だがあいつは来やしないさ。いいか、俺はあいつを待っているのじゃないぞ。あいつは来っこないからな」

その通り、フトオアゲハは姿を見せなかった。

「下に降りたら身体を癒《なお》さなければな。ただの腹くだしならいいが。チフスでもあったら事だぞ。おまけに身体が弱るとマラリヤが出るからな。あいつは内地に戻《もど》ってからでもちょいちょい出やがるんだ」

そんな文句を彼はぶつぶつと呟いていた。独り言を云っているといくぶん気がまぎれるからである。

「やはり卓社に降りるのだったな。夕方には風呂《ふろ》にはいって蕃人《ばんじん》の弓琴でも聞いて――そうだ、台北に戻ったらあの子のところへ行ってやろう。あれはなかなかいい女《ザボ》だった。それに可哀《かわい》そうなことを云っていたっけ」

酒家の女主人が福建人なので、広東《カントン》出の彼女をいじめるのだと寝物語に聞かされたことがあった。

そのうちに腹具合がまたあやしい。ふっと不安がこみあげてもくる。なんと云っても、ここは下界を離れた遥《はる》かな別天地なのだ。

風がきて、足元のオイワケメダケの葉が鳴る。しかしその他に物音はしない。渓流《けいりゅう》のせせらぐ音も、トドマツの森林の中で聞いたミカドキジのけたたましい声も、ここまでは伝わってこない。ただ厖大《ぼうだい》な山塊の発する無言の圧迫が次第に彼のまわりに忍び寄ってくる。

時がながれ、ときたま笹《ささ》が鳴り、日が照った。まばゆい光線が山々の肌《はだ》に陰影を彫りつけた。

頭が重く、かすかな耳鳴りがする。それを追いはらうように、あたかも飛んできた鳳蝶《あげはちょう》を彼は網にした。絹網の中で羽ばたいているのを手早く胸をつかみ指先で圧《お》した。オナシモンキアゲハの雌である。三角紙に入れ、しまいこむ。すべてが永年の手練によって敏速に手際《てぎわ》よく行われ、その間だけ彼は確信のもてる時間をすごしたような気がした。

ついで、際限もない繰返し。足元で笹がゆれ、陽光がふりそそぎ、うごいているかどうかわからぬほどに時がながれた。煙草《たばこ》に火をつけ、半分吸ってもみけす。吸いさしを投げ捨て、しばらくしてからそこへ歩いて行って、拾いあげてまた箱にしまう。

周囲に立ちはだかる山々が雲を吐きはじめた。一つの谷間から白い塊りが湧《わ》き、山肌にまつわりながら上へ上へと這いのぼってゆく。山頂から離れて、とぎれた雲となって空を漂いだしたものもある。立上って、古びたナガサワジャノメが草にとまるのを見、遠くの方に鳥影を認め、のろのろと歩いて谷間を覗《のぞ》き、やがて元の場所にもどって腰をすえる。

「もうかなり経ったろうと思って腕時計を見ると、ほとんど動いていないんだ。俺はもうフトオアゲハなんぞ来なくっていいから、早く夕方になってくれればと思ったよ。そうなれば諦《あきら》めもつく。ところが、そのときすぐ下山しようという気はまるきり浮んでこないんだな。夕方近くまでこうしているのが運命だと信じこんでいるみたいだった」

しきりと喉が乾いた。貴重な水を水筒の銹《さび》くさい口から舌にたらし、帽子をとって髪も濡《ぬ》らした。空腹か。いいや、すこしも。しかし彼は弁当の包みをあけ、おしつぶされた飯の臭《にお》いをかぎ、また紙につつんだ。

雲が、湧いてきて、ひろがって、澄みわたった空を侵しはじめた。西方の視界はとうにさえぎられてしまっている。一匹の金緑色に輝くホッポアゲハが、たまたま頂上のまわりをめぐって、思いなおしたように引返してきた。彼は起きあがり、走って行って網をふった。しかし蝶はその下をかいくぐり、彼はなお追いかけて網をふりまわしたが、徒《いたず》らに空気をかきまわしたにすぎなかった。蝶が狂ったように弧を画《えが》きながら、遥かな高空へ点となって消えてゆくのを見送りながら、全身の鼓動を彼は感じた。わずか走っただけで、こんなにも息切れがするのか。

徐々に、諦念《ていねん》が彼の胸にきざしはじめた。

彼は独語した。独語するのが自分でよくわかった。顔をしかめて、彼はわらった。

「つまらないことだったな、と俺《おれ》は呟《つぶや》いた。腹も立たなかった。辺りを見まわして、もう五分待とうと思って、それからあんた、また自分にむかって云ったよ。未練がましい奴だな。諦めがわるいぞ。そして自分で声にだして答えた。その通りだ、さあ帰ろう」

草原を歩くのも大儀で、切りたった崖《がけ》をやっとの思いで降りる。灌木《かんぼく》があったのでその下に頭を入れ、仰向《あおむ》けに寝た。目をつぶると、激しい光線に痛めつけられたせいか、暗黒の視野の中に赤や緑の玉がいくつも踊るのである。

「はじめて俺はのびのびと目をつぶったんだ。もういいんだと心に決めると、そうやって寝ていられるのが嬉《うれ》しいくらいだった」

彼は下界のこと、風呂のこと、若い広東の女のこと、うす黄色い紅露酒《アンロウチュウ》のことを考えた。ここの空気はあまりに稀薄《きはく》で、山は巨大で、彼は一人ぽっちでありすぎた。フトオアゲハなんて糞《くそ》くらえだ。

「だがなあ、と俺は声にだして云ったよ。だが遠いなあ」

あとどれだけこの足を動かさねばならぬのか。今夜もう一晩のあの小屋での仮睡。

考えただけでうんざりする。

「なにか食わねばいけないな」

すえた臭いのする飯粒を少しずつ口に運び、丹念に嚙《か》んだ。食欲はないが、このまま では丸きり腹に力がはいらないのだ。

「梅干があったらな」

牛缶《ぎゅうかん》を持ってきてはいたが食べる気になれなかった。それでもいくらか生気が出てきたような気がする。しかし水を飲み水筒の栓《せん》をしようとしたとき、しばらく忘れていた疼《うず》きが腹の奥の方からつきあげてきて、同時に便意をもよおしてきた。彼は岩かげへ走ってゆき、笹の中で用をたした。ひどい下痢《げり》である。また血がまじっている。笹の葉を摑《つか》んで苦痛を堪えた。みじめな、やりきれぬ気持であった。冷汗が額ににじむのがわかるのである。

ようやくのことで雑嚢《ざつのう》を肩に、網の柄をついて歩きだしたとき、空の半ばは何時《いつ》の間にか雲におおわれていた。頂上の方角から灰色の雲がぐんぐんのびてくる。面白《おもしろ》くない雲の色合と速度だった。急に強まった風があたりの草をなびかせている。

「愚図々々できないぞ」

まだ暴風雨の季節ではないが、山岳地帯の凄《すさ》まじい豪雨を、彼は採集旅行のたびに経験していた。足を急がしているうちにも雲行はますますあやしくなる。

やがてニイタカトドマツの密林にはいると、蘚苔《せんたい》の敷きつめられた急坂《きゅうはん》だ。霧が音もなくこの林の中をも流れていた。どこからともなく生れてきて、サルオガセのたれたトドマツの梢にからみついてゆく。苔はすべりやすく、疲れた膝頭《ひざがしら》ががくがくする。突然、彼は立止って耳をすました。

「雷か？」

耳をすますと、原始林の底知れぬ沈んだ気配が遠慮会釈なくおし寄せてくる。その静寂の中で遥か遠くに確かに雷鳴のとどろくのを聞いたようにも思った。そればかりではなかった。いくらも行かないうちに、ずっと横手の方から、まるで山津浪《やまつなみ》のような音が伝わってくるのが感じられた。にぶい、底ごもりした音響である。それが何であるか彼はよく知っていた。

「急がなくては」

もちろん雨の方が早かった。考えをめぐらす閑《ひま》もないうちに、その猛烈な驟雨《しゅうう》はやってきた。はじめの一秒か二秒、大粒の水滴が周囲に音を立てはじめるのがわかった。ぱらぱらいう音、はじけるような音、それはほんの一瞬のことで、だしぬけにそれはほとばしる勢いとなり、小暗い林の中は白く霞《かす》んだ。ニイタカヤダケのふかい藪は狂乱して揺れうごき、泥《どろ》と共に水滴がはねとんだ。崖下に斜めに倒れかけた巨木のかげに駆けこんだときには、衣服はもう肌まで濡れとおっていた。凄まじいまでの豪雨である。森林全体が吠《ほ》えるような悲鳴をあげ、降りそそぐ水しぶきにけむってしまった。下草や苔はたちまち水を吸いきり、水は濁った流れとなって坂道を落ちてゆく。岩と木の根の組みあった急坂はすでに小さな滝であった。

突然、頭の上で空気がひきさけた。青くひかる電光がうねうねと横ぎり、同時に森林に叩《たた》きつける号音が爆発した。金属がはじけるような、なにものをも引裂かずにはおかぬ音響で、どれほど雷が間近であるかがわかるのだった。きなくさい臭いが鼻をついてきた。大急ぎで三角缶などの金属を投げだす。それからはもう雷鳴の乱撃であった。台湾山地の猛烈な雷はやはり内地では想像もつかない。高いところにも落ちれば低いところにも落ちる。一度に何箇所にもつづけざまに落ちる。だから彼の前後左右は間断なく電光がうねり、まるで爆撃機の絨毯《じゅうたん》爆撃のように凄まじい破裂音がとどろいた。ときどき肌にぴりぴりする電流を彼は感じた。そればかりか足元で水がしぶき、突風が吹きぬけると雨水がそれについて横ざまにとぶ。後方の崖からも水が流れおちてきて坐《すわ》ることもできない。またひとしきりの雷鳴。

無我夢中の幾何《いくばく》かの時間が経《た》った。容赦ない力をこめて豪雨は降りそそいでいた。

雷鳴は遠くなりやがて下方に移ってゆくようだ。急に寒気が襲ってきて、こまかい身ぶるいがとめようとしてもとまらない。目の下を濁った水が渦《うず》を巻き泡《あわ》をたてている。一匹の歩行虫《おさむし》が流されてもがいて、やっと朽ちた木の根にしがみついた。はねあがる飛沫《しぶき》がその肢をはらおうとするのを、寒さにふるえながら彼は見守っていた。それから意を決して、さきほど投げだしたバンドをしめ身支度をし、少しも雨脚のおとろえぬ水煙の中に足を踏みだした。寒気のためとてもじっとしていられなかったのである。

雨が痛いほど顔を叩く。濡れるというより吹きつける水にひたっているようなものだ。ズボンが冷くべったりと腿《もも》にはりつき、腕で顔をおおわぬと息もつけない。遮二《しゃに》無二《むに》ころがるように歩き、ついにトドマツの太い幹に手をついて息をつく。いつの間にか手の甲を怪我《けが》していて、水が洗ってしまい裂けた皮膚から肉が白くのぞいて見える。ふと、途方もない思念がうかんできた。フトオアゲハの奴《やつ》、どうしているかな。翅が傷《いた》まぬといい。

火が、熱気が欲しかった。平地の焼けつく暑さが今は望ましい。熱射にたぎる嘉義《かぎ》の支那人《シナじん》街が一瞬頭をかすめた。しかし、周囲は変ることのない水しぶきである。目もあけられぬほど、顔を腕を水が伝わって流れる。ようやくのことでトドマツ林がきれると、あとは身を隠すものもない草原だ。わずか前方が水煙に白く霞み、小屋がどのくらい先だったか視界はまったく利《き》かない。叩きつける豪雨をあびながら、彼は無感覚に歩いた。

「小屋にたどり着いたときは、そりゃもうあんた、三日も川につかってたみたいな恰《かっ》好《こう》だった」

土間に夢中で火を燃えあがらせたが、仲々震えがとまらない。

「あるだけの衣類をだして着かえてもな、えらく身体《からだ》の蕊《しん》の方から身ぶるいがこみあげてきやがるんだ」

それからどうしようもない脱力感。なにか食べようという気力すら起らない。筍《たけのこ》の缶詰をあけて汁《しる》だけ吸い、そのまま彼は一隅《いちぐう》の笹と毛布の床に倒れこんだ。外では風雨がさらに強まってゆくようで、小屋の中にも隙間風《すきまかぜ》が吹きこんでくる。横の方ではげしく雨漏りがする。

煙が目に沁《し》みる。薪《まき》がくすぶっているのだ。寒い。能《あた》うかぎり身体をちぢこめ毛布をかきよせる。寒い。表現できぬ異様な寒さである。

「またぞろ俺は土間へ行って、火をかきおこした。さっき脱いだシャツが乾いていたのでそれも着た。火にへばりついていても、寒い暑いの感じが身体の奥の方で丸きり変っちまったみたいだった」

再び毛布にくるまる。こまかい震えが全身を伝い、ついに歯がかちかちと鳴りだす。

「俺はそいつを知っていた。マラリヤで発熱する前にくる震えとそっくりなんだ。またマラリヤが出たのか、それとも腹の痛みに関係ある熱病なのかはわからなかった。ただ俺は、やられたな、って歯を喰《く》いしばりながら思った。畜生、やられたな！」

どんなに堪えようとしても、下の床が音をたてるほど全身がひきつるように痙攣《けいれん》する。まるで氷の中にいるようだ。間断なく戦慄《せんりつ》がおこり、がちがちと歯と歯がぶつかりあう。意識が霞んでゆき、それからふっと我にかえる。

とうに夜になっているらしく、暗黒の土間に燃え残った燠《おき》が赤く見える。ときどき、もうこれが最後だと思われる極限がきた。地鳴りのような豪雨の音、それがずっと遠くなり、呼吸が苦しく、彼はのけぞって歯をうちあわせ五体を震わせた。収まると、風雨の響きが戻ってくる。

もうあまり寒くなかった。熱が出はじめたようだ。身体はさっきから火のように熱い。胸の辺に汗が滲《にじ》みでるのがわかる。呼吸がせわしい。大丈夫かな、と彼は頭の一隅で思った。俺はくたくたらしいな。どうも手ひどくやられたようだ。

「なにしろあんた、自分が何処《どこ》にいるかもわからなくって、吐気がして、頭がかすんで、どえらい熱らしいなと思って、またうとうとと眠った」

雨の音は聞えなくなっていた。やんだのか耳がどうかなったのか定《さだ》かではない。あぶら汗とねばっこい熱にうかされた幻覚が終夜彼をもてあそんだ。巨大な、それこそ怪鳥のごとき鳳蝶が天空から舞いおり、彼の上に襲いかかるのである。ぶ厚い四翅《しし》をばさばさと打ちふるたびに、綿の実のような鱗粉《りんぷん》が片々と乱れ、彼の口中にまでとびこんでくる。顔にも手足にも鱗粉が触ると嫌《いや》らしくぬるりとする。

「俺は魘《うな》されつづけた。目をあいていてもそいつは消えないんだ。それでも、長い夜じゃあなかった。ふしぎなくらい短かった。気がつくと、もう朝だった」

錯覚ではなかった。白っぽい光が戸の隙間からさしこんでいる。身体は鉛のようだ。雨はやんだらしいな、と彼はしびれた頭で思った。額に手をやる。熱も下っているようだ。有難《ありがた》い、これで帰れるぞ。だが、果して歩けるのだろうか。

彼は這《は》いずるように起きだし、戸を開けた。地上は一面に凄まじい昨夜の豪雨の痕《こん》跡《せき》を残していたが、空は反対に嘘《うそ》のような快晴を暗示していた。

のろのろと彼は火をつくった。力がすっかり脱《ぬ》けていて、一つことをするにも非常な手間がかかる。残っていた缶詰の筍の汁だけをしゃぶり、キャラメルを何粒か頰《ほお》ばった。音を立てて燃える火と、それだけの食事でかなり気持がしっかりしてきた。そうだ、俺は頑健《がんけん》な男なのだ。マラリヤの熱を冒して三里の山道を歩いたこともある。

こんなことでへたばる筈《はず》はないし、卓社までは大丈夫帰れる。のろのろと彼は身支度をした。のろのろと火を消し、薄暗い小屋の中を見まわして思った。まずこんなところだな。どうやらこんなところだ。

小屋を出た。さすがに足がふらつく。梢《こずえ》ごしにさしこんでくる朝の斜光が目に眩《まばゆ》い。彼は数歩あるき、周囲を見まわし、のろのろと足のむきを変えて小屋へ引返した。リュックザックを置き、水筒と三角缶だけを身につけ、濡れてごわごわになった網を手に外へ出た。網の柄《え》を杖《つえ》に歩きだした。何処へ行くのか?

「上へ行こう」

どうしてそんな衝動にあやつられるのかわからなかった。思考が不可能なほど頭は重く、歩いているのが自分の身体でないような気がする。ずいぶんと長い間、茅《かや》ばかりの山腹をふらついていたようだったが、いつしか道はトドマツの密林にはいっていた。

蘚苔のむした太い幹、小暗く差しかわす枝葉が、ひどく歪《ゆが》んだ形に、ひどく陰鬱《いんうつ》にのしかかってくる。と、その薄暗いその大気の中に、藍色《あいいろ》に光る見たこともない蝶がとびだしてきた。彼は重い頭をふってよく見た。ありふれた小さな小灰蝶《しじみちょう》が舞っているにすぎない。

「目がどうかしてきたな」

立止るとかえって苦しく、吐く息と鼓動だけが意識できる。昨夜の雨にあらされた坂道は土がえぐりとられ、濁った水がたまっている。何度も彼は足をすべらした。一歩一歩、それでも彼は歩いた。歩くことのみが目的のように執拗《しつよう》に歩いた。

「俺は何をしに行くんだ？」

濡れたヤダケの藪《やぶ》から露をかぶったとき、だしぬけに、ずっと以前の記憶のように、フトオアゲハの姿が脳裡《のうり》をよぎった。太い尾状突起がおそろしく誇張された奇態な影が。

「あいつを捕えたとしたって」

それがどうしたと云《い》うのだ。あいつは珍種で世界に六匹しか標本がない。それだけの話だ。水のひいた川底のような坂道を彼は登った。

「このまま眠れたらな」

落葉と腐蝕土《ふしょくど》から水がしみだす。朽木にべったりと坐り、ぼんやりと彼は辺りを見まわした。ここはどこだ？　年を経たトドマツが立ちならび、笹が露をやどして茂り、自分の頭が鳴っていた。血管を音をたてて血が流れてゆくのがわかるのである。湿った匂《にお》い、朽ちた匂いがした。目をつむると、疲れはてた自分の肉体があり、苦痛があった。目を開くと、笹が茂り、朽木が倒れてい、そこに小さく黒く動いているものが見えた。オニツヤハダクワガタという甲虫らしかった。ふしぎな世界である。苔《こけ》がまっ青に盛りあがり、こんな鮮かな色を見たことがなかった。彼をとりまいて見知らぬ不可解な世界があり、これまでも見慣れてきた風景にちがいないのだが、それでも確かに見たことがなかった。

突然、彼は身ぶるいをした。なによりも寒かったのである。全力をふるって彼は立ちあがった。

「そうだ」

フトオアゲハを捕えねばならない。あいつが珍しい種類だからだ。奇蹟《きせき》にめぐまれねば捕えることができぬ奴だからだ。あいつがここらにいる以上、なんとしても捕えねばならない。この掌《てのひら》にしっかりとあいつを摑んだなら、それだけで放してやってもいい。ここしばらくあいつが採集されたという噂《うわさ》はきかない。捕獲禁止のためではない。捕獲を禁止された種類ほど採集家はひそかに追いまわすものだ。居ないからなのだ。彼の見たフトオアゲハがこの地上で最後の一匹かも知れないのだ。そうあってくれればいい。

どうしてそのような速度で歩けたのか。急勾配《こうばい》の坂道を彼はほとんど不断と変らぬ速度で登って行った。片手で捕虫網の柄をつき、片手で突きでた木の根を摑んだ。悪《お》寒《かん》がときどき全身を走りぬけ、泥にまみれた手が小刻みに震える。

少しずつ寒さが遠のいていった。熱が出てきたらしい。便意を覚えてその場にしゃがんだが、いくらかの粘液のほか何もでない。俺《おれ》はくたばるのかも知れないな。ふとそう思った。なにしろ手ひどくやられているからな。

辺りの景観が変ってきた。ビャクシンの純林が現われ、その背が次第に低くなってくる。熱が今度は額をもやした。背中から下半身にかけてひどく寒い。ここにはまだ日の光は当ってこない。じりじりと皮膚を焼く陽光が欲しかった。膝頭にいかにも力が入らず身体がふらつく。休んではならぬ。休むと悪寒がくるから。あの斜面まで行けば右手にガレ場があり、高山の花がある筈《はず》だ。そうだ、花はあった。すぐ足元に咲いていて、ジャワにいるアピアス属に似た蝶がとまっている。だが彼が注視すると、それは枯れかかった葉に変じてしまった。

しかし花だけは確かにそこにあった。可憐《かれん》な高山の花が今は足元にふえだした。あとはガレ場を登るのだ。そのとき、光がきた。目のくらむ差し貫くような光線がこの斜面にもふりそそいできた。もう一息だ。捕虫網を置き忘れ、すぐ下にあることがわかっても引返すのが一仕事だった。陽光は刻一刻強まり、ガレに積った濡《ぬ》れた石の細片をひからせた。横手の斜面は一面に花と露の海だった。だが、美しいとは思えなかった。どこか悪夢に似た光景なのである。唾《つば》を吐こうとして呼吸が苦しく、思わずも両手を斜面につくと、石の細片が足元でくずれ、冷汗が額に滲んだ。にもかかわらず彼は這いのぼった。眩暈《めまい》をこらえながら這いのぼった。胸苦しさが次第に強まり、ついでどんよりした無感覚に代った。

「もうじき俺はくたばるのかな」

だしぬけに、すべてが楽になった。気がつくと彼は傾斜した草原に横たわり、頭上からはさんさんと光がふりそそいでいた。草は露で一杯で、彼は身体をずらして半ば乾きかけた場所にまで這って行った。動くと眩暈がしたが、さっきまでの苦痛はもう去っていた。

一羽の鳳蝶《あげはちょう》が翅《はね》をひろげて上空を滑走している。広い特有な尾状突起があきらかに見え、上昇気流にのってふわりと昇ってゆくと、もう一羽のこれもフトオアゲハが後を追ってゆく。上体を起そうとすると、それは平凡なワタナベアゲハの姿になった。彼はまた草むらに横になった。そうしてじっとしていると、苦痛はけだるさの中へ溶けこんだ。もやもやした影が何回も訪れ、彼はそれと現実とを区別する努力をあきらめた。そうだ、フトオアゲハなどは初めから存在しなかったのだ。すべては錯覚と幻影なのだ。

しばらく眠ったらしく、顔に一杯汗をかいて彼は目ざめた。変らぬ青みをたたえた空があり、身動きすると苦しく、目をつぶると靄《もや》のような眠気がかぶさってくる。彼はまどろんだ。夢のごときもの、ねばっこい混淆《こんこう》した幻がやってきた。熱が身体中をかけめぐっているらしかった。それをふりはらおうとして目をさまし、霞んだ目で位置を変えた太陽と、立ちのぼる陽炎《かげろう》のため大気がゆれているのとを見た。ややもすると黐《もち》のような糸が五体にまつわり、そのまま地底へ引きこまれてゆくようだ。ときどき、うつうつとした覚醒《かくせい》がきて、つかのま彼は喘《あえ》いだ。

吐気がして、横をむき唾を吐こうとした。舌が動かない。口がからからに乾いているのだ。喉《のど》が乾く。ひりつくように喉が乾く。俺は何をしているのだ？　なんでこんな場所に寝ているのだ？

身動きをすると頭痛が激しかった。あるだけの努力で彼は起きなおり、水筒の口にかぶりついた。手が震えて頬から首筋へ水が滴《したた》る。

「俺は……」

一体何をしていたんだ？　彼は頭をふり、かぶさってくる靄のようなものを振りはらった。さあ、しっかりしろ、一体どうしたんだ！

捕虫網の柄にすがり節々に最後の力をこめて彼は立ちあがった。そして、下方へむかって歩きだした。

3

はじめに断っておいたごとく、もとよりその男はこの通りに話したのではなかった。しかし彼は、私の心象の中で、私の夢想をかきたてながら、確かにこのように物語ったのである。

つきることのない男の訛声《だみごえ》がこのとき一寸《ちょっと》とぎれたので、私は思わず問いかけた。

「じゃあ結局、フトオアゲハは採れなかったのですね」

瞬間、男はぐっと首をもたげて私を睨《にら》んだ。くぼんだ目の奥に、憤怒というより憎《ぞう》悪《お》にちかい色がちらつくのを私は認めた。

「採らなかった？　この俺《おれ》が奴《やつ》を捕えなかったって？」それは私がぎくりとするほど激しい口調だった。しかし彼はすぐに顔色を元に戻《もど》すと、上唇《うわくちびる》をなめながらつづけた。

「なあ、あんた、俺はそれだけの思いをして手ぶらで帰るような男じゃないよ。あとは神さんか仏さんがちゃんとしてくれたさ。いいかね学生さん、俺はそういう人間なんだぜ」

彼が念を押すように睨んだので、それまで幾度もしてきたのだが、私は無言でうなずいた。

「ちょうどガレ場を降りたところだったな。ひょいと見ると、あいつがいるじゃないか。灌木《かんぼく》の上に、普通のアゲハがやるように、こう翅《はね》をひろげてべったりとまってるんだ。俺だって初めは本気にできなかったさ。何回も何回も幻を見てきたからな。しかし、そいつだけは正真正銘の本物だった。まるで羽化したてみたいに新しくってな、俺が近づいても奴《やっこ》さん逃げようともしないんだ。こうなっちゃもう俺のものだ。逃がそうにも逃がしようがないじゃないか」

私は無言でうなずいた。

「網の中でばさばさする奴をすぐ息の根をとめてやった。さすがに手が震えてな、鱗《りん》粉《ぷん》でもはがそうものなら大変だからそのまま三角缶《かん》にしまったよ。そのとき俺が何を考えたかと云うと、まずそいつを売ることさ。そりゃどうも仕方がない。空想していたときと、実物を捕えたときとじゃあ考え方も違ってくらあね。第一俺がそんな珍種を持っていたって何になるんだ？　俺はあれこれの有名な蝶《ちょう》の蒐集家《しゅうしゅうか》に目星をつけてみた。それも俺から買ったということがわかっちゃ具合がわるい。契約違反だとか何とか標本屋の親父《おやじ》が云いやがるからな」勢いよくしゃべっていた男は急にここで言葉をとぎらし、それから別人のような調子で呟《つぶや》いた。「……だがなあ、やっぱしいきなり売りとばすことなんて考えたのがいけなかったんだな。だからきっと神さんだか仏さんだかが罰をくれたんだ。そうだ、俺は本当にそう思うよ」

彼は口をつぐみ、煙管《キセル》の口にキザミをつめはじめた。沈黙が長びいたので、私はどうしてもこう尋ねないわけにいかなかった。

「そのフトオアゲハは、今どこにあるんです？」

「ないよ」と、ぶっきら棒に男は云った。挑《いど》みかかるような目つきである。「そんなものは、もうこの世にありゃしないのさ」

眉《まゆ》がしかめられ、そげた頰《ほお》がひくついた。それから私が問いかけるのを遮《さえぎ》るように彼はしゃべりだした。

「俺はな、とにかく小屋に向って降りて行ったんだ。すると人声がして、ブヌン族の蕃人《ばんじん》が駆けてくるじゃないか。俺の帰りがあんまり遅いので、卓社の警官が蕃人を三人連れて探しにきてくれたのだよ。それから彼等《かれら》に背負われてな、いろいろ訊《き》かれたが、俺はフトオアゲハのことは黙っていた。こればっかりはいくら話したって他の連中にはわかりっこないからな。それにこう変な気持でね、熱のせいか、なんだかその連中がフトオアゲハのことを知っていて狙《ねら》っているみたいな気もしたんだ。だが薬を貰《もら》って、その日はみんなで狩猟小屋に泊ることになったんだが、翌朝起きたときはもう笑いだしたくなるような気分だった。さてもう一度獲物を見てやろうと思ってな、俺はリュックから三角缶を取りだそうとした。畜生、それでみんなお終《しま》いだ。あいつは、喰《く》われてしまっていたんだ」

「喰われた？」

「そうだ、ゴキブリの野郎だ。俺が三角缶を取りだすとふたが開いていて、中からその畜生がとびだしてきたんだ。ハッとしたが、もうあとの祭りさ。三角紙は穴があいていて、胴体を綺麗《きれい》にやられていた。根元を喰いやぶられて傷《いた》んだ四枚の翅だけが残っていた」

「…………」

「俺はカッとなって、それを投げ捨てると滅茶々々に踏みつぶしちまったのだ。畜生、せめて翅の切片でも持って帰っていればなあ。そうすりゃ誰《だれ》だって俺の話を疑うなんてことはなかったんだ」

男は口をつぐみ、くぼんだ小さな陰険そうな目がふたたび憎悪にちかい激情にもえあがるのを私は見た。次の瞬間、彼は真直《まっすぐ》にこちらを見すえると、こう云った。無理におしころした訛声で云ったのである。

「学生さん、あんたも、俺の話を信じられないかね？」

私は一瞬相手を見、黙って首を横にふった。同時に私はこう思った。この男はおそらく本当に一度はフトオアゲハに出会ったのだろう。しかし採ることはできなかったのだ。或《ある》いは再度その珍種を見つけたのかも知れぬ。だが結局捕えることはできなかったのだ。或いは――いや、真相を知っているのは、それこそ神さんか仏さんだけであろう。ただ次のことだけは確かである。もしも男がそんな言葉を吐かなかったとしたら、少くとも私は彼の話をすべて真実と思いこんだ筈《はず》だ。

私はもう一度首を横にふり、誤解を避けるために云いそえた。「そんなこと思いやしませんよ、僕《ぼく》は」

「俺はな」と、性急な声で相手はつづけた。「内地に帰って誰彼にこの話をした。ところがみんな信じないいじゃないか。奴等にしてみればそりゃそうだろうよ。奴等だったら翅のかけら一つでも後生大事に持ち帰っていくらかの金にするだろうからな。だが俺はそんな男じゃないのだ。それに俺はあいつのおかげで、ちっとばかり人間が変ってきたからな」

男はふるえる手で煙管にキザミをつめようとした。私が巻煙草《まきたばこ》を差しだすと、今度はまるで奪うような手つきでそれを受取った。

「蝶を採集して売るなんざあ下劣な商売だよ。本当は草でも虫でも、そりゃああんた、もっとずっと深みのあるものなんだ。俺はな、兵隊にとられてさんざ苦労してさ、それも内地でだからな、せめてボルネオにでも行っていりゃあしこたま蝶を採ってきたのだがな。戦争が終ってみりゃあ家もなにも焼けちまってる。俺は東京にちゃんと一軒、家をもっていたんだ。今じゃ諏訪《すわ》の女房《にょうぼう》のとこに居候《いそうろう》さ。だが百姓なんぞやるのは嫌《いや》なこった。俺にはちゃんとすることがあるんでな。俺は学界に貢献するような仕事をするんだ。まあ今に見ていろよ、と云いたいね。そんなことしたって一文にもならないが、まあ見ているがいい、俺の名は日本の昆虫史《こんちゅうし》に残るからな」

彼の声は、なにか見えない相手に投げつける呪詛《じゅそ》のようにひびいた。荒涼とした谿《たに》間《ま》の崖《がけ》の下で、この小柄《こがら》で貧相な、しかし奇妙に精力的な男が、くぼんだ目をひからせ唇を嘗《な》め嘗めしゃべっているさまは、確かに正直のところ薄気味がわるくなるものを含んでいた。

「俺はな、あんた、もうずいぶん調べてあるんだよ。ゴマシジミはワレモコウに産卵する。あんた知っているのか？　何時《いつ》、どういう具合にして蟻《あり》の巣にはいる？　知らんだろう。日本のどんな研究家だってまだ知らんさ。こいつはちょっと話すわけにいかないな。これは俺の秘密だ。もう少しで俺はゴマシジミの生活史を調べあげてしまうんだ。そうなったらどうなるか見ていろよ。俺はただの採集人じゃなくて、それはもう立派なものだ。誰だって知りたがっている事柄なんだからな。ははあ、そこらのぼんくら学者にこの発見を売ってやるか。なあに、誰がそんなことをするものか。これは俺一人の発見なんだ。俺はもうかなり誰も知らない事実をつきとめてる。もう一息なんだ。もう一息で、ゴマシジミの謎《なぞ》は解かれちまうんだ。ははあ、蟻の巣で大きくなる蝶の幼虫か、素敵じゃないかね。その秘密をとくのはこの俺だよ。この俺なんだ。ハッハッハ、どこの誰でもない、今ここにいるこの俺さまだよ。まあ見てるがいい。見ているがいいさ」

口元が歪《ゆが》み、いきなり男は笑いだした。顔中の筋肉をひきつらせ、突き出た喉仏《のどぼとけ》を上下させて、なんとも云いがたい調子で笑いだしたのだ。私はこの年齢になるまであのような笑い声を聞いたことがない。瀬音を打消してその声は響いた。いっかな止《や》む様子もなかった。まだ春の気配の遠い寒々とした谿間の底で、この小柄な男は、日やけした顔をくしゃくしゃにし、仰《あお》むいて笑いつづけたのである。彼は泥《どろ》に汚れた手で膝《ひざ》を叩《たた》いた。細められた目尻《めじり》からは涙がにじんだ。ひとしきり咳《せ》きこみ、手で口元の唾《つば》をぬぐい、それからまた笑いだした。どうにもとまらない異様な発作だった。渓流《けいりゅう》から吹きあげてくる風も冷たかったが、私は背筋に寒気を覚えた。男は笑いやみ、穢《きたな》い手で口元をぬぐった。涙のたまったくぼんだ目で私を見やり、なにか云おうとして、そのまま又もや笑いだした。苦しげにとぎれとぎれに、もう笑いというより声帯の痙攣《けいれん》にすぎなかったが、彼はなお長いこと身体《からだ》をひくつかせていた。

それからしばらく経《た》って、私達《わたしたち》はお互に無愛想といっていい短い挨拶《あいさつ》をかわして別れた。蟻の巣を掘りおこす男はその場に残り、私は元きた道を島々《しましま》の宿場へと引返しはじめたのである。

枯れ伏した下草をふみ、崩れた箇所をとびこしたりしながら私は道を急いだ。歩きながら私は、あの男は今ごろは又スコップをとりあげて執念ぶかい作業を続けているかしらんと考えた。もしかすると、一人きりで、あの常軌を外れた笑い声を立てているのではないかと考えると、あまりいい気持はしなかった。

空はすっかり曇ってしまっていた。沈んだ響きをたてて瀬をつくる渓流からは冷気が生れてきて、私は肩をすぼめて歩いた。飛沫《しぶき》にぬれた丸太の上を伝い、ときには流木のうちあげられた河原の砂地に降りることもあった。湿った砂の上には初めきたとき私のつけた靴跡《くつあと》が残っていたが、私は半ば無意識にその跡を避けて歩いた。ほんの二、三時間前ここを通った私と、現在の私とがなんだか判然と変ってしまっているような気がしたからである。

渓流にそって細い径《みち》はつづいていた。溶け残った汚れた雪が岩のように固く凍りついている場所に来た。そこは崖がかぶさるように高く聳《そび》え、薄暗く、どこといって冬のままだった。歩きながら私は、立ちはだかる岩を見、低くたれこめた空を見、うそ寒く流れている水の表面を見下ろした。同時に私は、どぎつい緑の盛りあがる南国の原始林を、目もあやな毒々しい熱帯の蝶を思いうかべた。また北回帰線間近の白熱した太陽、大地から立ちのぼる炎に似たかげろうを幻に見た。更に私は、一つの執念に駆られて崖下の土を掘っている男、さきほど私をぞっとさせた、あのとめどない哄《こう》笑《しょう》をあげた男のことを考えてみた。すると私自身驚いたことに、その陰険な目つきのむさくるしい男の方が、もとよりあまりいい感じはしないものの、私にはなにか親しみぶかくも思われたのである。

寒さのためもあって、私はザックの負い革を両手で握り、背を丸めて足早に歩いた。やがて谿間の入口に近づくにつれ、枯草におおわれた中に緑色のものがちらほらするようになってきた。なんと云っても、春はこの谿間にも忍びこんでいるのである。

渓流に足を濡《ぬ》らして渡ると、はじめ高粱《コウリャン》の握り飯を食べた場所に出た。空が曇りきってしまったためか、活溌《かっぱつ》に飛びかっていたセセリモドキも姿を見せない。

私はその辺りの岩かげに乾いた流木を集め、小さな焚火《たきび》をこしらえた。冷い川水をくみ、たっぷり米をといで飯盒《はんごう》をかけた。そして私は、流れの響きを背後に聞きながら、色のない炎が飯盒の底をなめるのを眺《なが》め、思いだしたように枯枝をさし入れた。

そうしているうちにも私は、再度、初めこの谿間にはいってきた自分と、今ここにこうしている自分とが随分と異ってしまったように感じたが、なによりも私は非常な空腹を覚えていたので、やがて炊《た》きあがった白い熱い飯を、なにも考えることなく餓鬼のごとく貪《むさぼ》り食ったのである。

夜と霧の隅《すみ》で

1

たちこめた夜霧のせいばかりではなかった。その大型の輸送トラックは闇《やみ》の中にくろぐろとうずくまり、なんだか自分自身の意志をもつ生命ある怪獣のように見えた。少なくともそれがどこへ行き、いま乗せられつつある子供たちの運命がどうなるかを知っている者には、まるでそいつがあんぐりと巨大な口を開け、次々と小さな柔かな肉塊を呑《の》みこんでいるように思えた。

もとより幼い子供たちは何も知らなかった。知るだけの智能《ちのう》をさずけられていなかったのである。

「えんちょく、えんちょく」

図体《ずうたい》だけ大きいくせにまだ満足に口のきけない一人は、親衛隊員に抱きあげられてトラックの後部に乗せられながら、ひっきりなしに手をふってはしゃぎたてた。次に隣りに坐《すわ》らされた子は、目立って頭部が肥大していた。脳水腫《のうすいしゅ》のため南瓜《カボチャ》のような頭を持ったその子は、「遠足《えんちょく》」という声を聞くと、へんに年寄じみた顔をひしゃげて、猿《さる》のような叫びをあげた。笑ったのである。気むずかしくて、一月に一度くらいしか医者たちにも笑顔を見せたことがなかったのに。

「これ、どこに行くの、小母《おば》さん？」

両足の麻痺《まひ》のため玄関から抱きかかえられてきた七歳ばかりの少年が訊《き》いた。彼につきそってきた中年の看護尼《シュヴェスター》の顔は、狼狽《ろうばい》と苦痛にゆがんだ。彼女は少年を抱きしめると、その乾物《ひもの》のように萎《な》えたほそい足に頰《ほお》ずりをした。

「僕《ぼく》たち、どこに行くの？」

「あなた達《たち》はね」看護尼はようやく顔をあげ、小さな耳に囁《ささや》くように言った。「あなた達は天国へ行くのです」

「それ、本当？」

「ええ、ええ」

彼女はもう一度少年を抱きしめた。親衛隊員が少年をかかえ、ほうりあげるようにトラックに積みこんだ。

もう一人の看護尼が別の少年を抱いてきた。この子は手を離したら最後どこに走っていってしまうかわからないすばしっこい子だった。その代りもう八歳になるのに、人の話す言葉を真似《まね》することしかできなかった。

「ごきげんよう《グーテ・ライゼ》」

看護尼は少年を、鷲《わし》と鉄十字の腕章のある、たくましい、がっしりとした腕に手渡した。

「よい旅を《グーテ・ライゼ》、よい旅を《グーテ・ライゼ》」と、意味もわからずに子供は呟《つぶや》いた。それから狭い中に押しこめられたせいか、突然甲高い声で泣きはじめた。

トラックの後部の幌《ほろ》がしめられ、エンジンがにぶくうなった。そのとき、周りに並んでいた看護尼たちは、トラックの中で、彼女らが長い間世話をしてきた頭の足りぬ子供たちが、かなり調子の外れた声で唄《うた》っているのを聞いた。もっとも単純な歌、それでも彼等《かれら》にしてみてはようやくのことで覚えた歌なのである。

金の目をした小猫《こねこ》
猫ちゃん　ミュウと鳴く
そこで鼠《ねずみ》はおどろいて……

ライトが闇を照らし、太いタイヤが霜にぬかるんだ泥《どろ》をはねあげた。巨大な怪獣に似たトラックは、底ごもりしたうなりをあげて動きだした。病院の門を出ると、見る見るスピードを増し、そのエンジンのひびきもすぐに遠ざかり、かすかになっていった。

「行ってしまった」

でっぷりと太った醜い看護尼が吐息をついた。彼女は「やかましアヒル」と渾名《あだな》されていて、目立って厳格な、ときには厳格にすることに歓《よろこ》びを見出《みいだ》しているような女であった。よく頑是《がんぜ》ない子供たちの耳をつねりあげたり、尻《しり》を痣《あざ》になるほど叩《たた》いたりしたのである。しかし今、その醜い肉のたるんだ頬に涙のつたわるままにさせながら、彼女は両手を握りしめて繰返した。

「私の子供たち、私が育ててきた子供たち、私がいないところでどうして……」

「もう私たちは必要ないんだわ」まだ若い看護尼が、いくぶん意地わるげに手放しに泣いている老嬢のわきで言った。「あとはガスが引受けてくれるんだわ」

一九三三年以来、急速度にヨーロッパにたちこめた暗雲は、やがておぞましい電光をよび、我々が第二次世界大戦と呼ぶ嵐《あらし》が吹きすさんだ。それは広大な地域にわたる狂いたった旋風だったが、この狂気が単なる錯乱よりもさらに戦慄《せんりつ》すべきものだったことは、初めそこには狂気なりの綿密な計画と秩序があったからである。

なるほどアフリカでは、見わたすかぎり単調に起伏する砂丘をうずめて、群をなして擱坐《かくざ》した戦車の燃える黒煙が、竜巻《たつまき》のように丸一日天に沖《ちゅう》することはあった。人間の死体は灼熱《しゃくねつ》した太陽と砂の反射熱のため忽《たちま》ちふくれあがり、ついで縮みだして、やがてかさかさに乾涸《ひから》びた。ロシヤではもっと事態が薄汚なかった。T38戦車がドイツ軍の輸送部隊に追いついて旋回すると、駄馬《だば》の群は悲鳴もあげずに倒れ、ぱっくりと口をあけた腹から内臓がはみだし、人間の死体とならんでひどい悪臭を立てた。悪臭の立たないのは雪がうまく処理してくれる冬だけだった。アフリカやロシヤばかりではない、もっと多くの国、多くの都市で、住人が瓦礫《がれき》の下敷になり、地下室では赤子がむし焼きになった。しかし、これはすべてありふれたことである。

まことに鉄の意志をもって、ナチスは無数の人々を組織化した地獄に送りこんだ。かかる周到な冷静さ、かかる徹底した配慮を歴史は知らない。アリアン人の血の純潔をけがすユダヤ人、単に非協力的というにすぎぬ政治犯など——犠牲者は一夜のうちに家族ぐるみ消えうせたが、これが世に名高い、ブラウナウの男の「夜と霧」命令である。アウシュヴィッツ、ダッハウ、トレブリンカ、ベルゼン、ザクセンハウゼン等の強制収容所における死者の数は想像を絶する。有史以来の鉄量と火薬の炸裂《さくれつ》した大戦を通じ、いかなる国の戦死者もその何分の一にしか当らない。

しかしながら、ガス室や竈《かまど》の中で抹殺《まっさつ》された犠牲者はこれだけにとどまらなかった。

世間から孤立した一群の病院の中にくらす患者たちがそれである。もともと精神病者の断種は、人種問題より以前の問題であった。ナチスがいち早く「遺伝病子孫防止法」を出したのは一九三三年七月のことで、ユダヤ人排斥を主眼とする「国民血統保護法」、さらに「婚姻保護法」が制定されたのは一九三五年になってのことである。この遺伝性精神病者の断種法案は科学的に整然としたものであり、その要旨は諸外国に於《お》ける優生法とさして異なるところはない。ただ他の国に於《お》てはこうした法案の実施件数は微々たるものであるのに比べ、ドイツでは最初の一年間におよそ五万六千余の患者が断種の手術を受けた。そしてこの胚芽《はいが》からやがて精神病者の安死術が、いや恐るべき焚殺《ふんさつ》が生じてきた過程は、ユダヤ人排斥からついにユダヤ人絶滅に移っていった過程同様、われわれの理性を越えるとはいうものの、反面当然であり自然な道すじであったかも知れない。

一九三九年末、最初の精神病患者の安死術が行われた。しかしこれは、その国内国外への影響、主として教会からの非難があまりに大きかったため、ひとまず中止されはした。しかし一九四一年、——この年ドイツはソ連国境を突破している——ベルリンのヒトラー官房に於て一つの会議が開かれた。出席者は精神病院の高名な院長や教授たち、高等法院検事長など五十数名である。会議といっても名目だけで、彼等は出頭を命じられ、命令を言いわたされたにすぎなかった。それはおおむね次のようなものであった。安死術は従来とは異なった形で、外部に絶対洩《も》れぬようにして続行される。ベルリンに専門委員会がおかれ、被殺者の後見人の了解を得、医学上法学上の統制をうけた場合にかぎり、安死術の認可は与えられる。文句の上だけではまだしも妥当であり整然とした案といえたが、規則というものはいつだって外見的には有意義で整然としているものなのだ。一人の老教授だけが大胆にも首を横にふった。考えにふけるように、まるで自分の仕種《しぐさ》に気づかぬかのように、彼は静かに首を横にふっていた。しかしこの教授にしても、無言でかすかな抵抗を示すより何ひとつすることはできなかった。

このようにして、いつとはなしに各地の精神病院から、長期療養または不治と見なされる患者たちが、隠密のうちに何処《どこ》かへ連れ去られてゆくようになったのである。あとになって患者の家族は、次のようなごく簡単な通知を受取った。

氏名。当該者は死亡につき遺体は火葬にふした、灰を受取ることは許される、云々《うんぬん》。

2

院内電話のベルが鳴った。カール・ケルセンブロックは机の上の書物から顔をあげ、受話器をとりあげた。かなり背の高い、鼻梁《びりょう》のするどい四十ちかい男である。看護婦の声が告げた。

「メークムさんが亡《な》くなられました、ヘア・ドクター」

ケルセンブロックはうなずいたが、そのやや疲れた灰色の目にはなんの感情も現われてこなかった。

彼は自室を出ると、病棟《びょうとう》に通ずる廊下を足早に辿《たど》って行った。そうして歩いているところを見ると、彼は少なからず姿勢がわるく、ほとんど猫背《ねこぜ》といってもよかった。が、実は彼の脊柱《せきちゅう》には古いカリエスの隆起があって、これが直立した姿勢をとることを許さなかったのである。その代り、彼の長い足は敏速に規律正しく動いて、まるでシュパウダウの卒業試験を終えたばかりといった歩き方をするのだった。もとより彼は軍服とは縁もゆかりもない男で、既往症のため召集されることもまぬがれていたのである。

老人病棟の入口で、重い鉄の扉《とびら》をあけてくれた看護婦に、ケルセンブロックは珍しく、まるで学術語を話すような調子で愛想《あいそ》を言った。

「寒いね、ローラ嬢」

看護婦は医者のうしろについて歩きながら、彼がいつもと違い彼女の姓でなく名を呼んだことに胸の中でこっくりした。嬉《うれ》しいんだわ、やっぱり、と彼女は思った。それはあたしにしたって、あの厄介者《やっかいもの》のメークム爺《じい》さんがあの世に行っちゃったって別にどうってことはないけれど、それでもやっぱり気の毒だとは思うわ。でもドクター・ケルセンブロックは、爺さんの病んだ脳が手にはいって喜びこそすれ、気の毒だなんて露ほども感じやしないのだわ。

死人にはすでに凝固がこようとしていた。もうかなり以前から廃人同様になっていた老人であった。変性梅毒がその頭脳を侵し、途方もない誇大妄想《もうそう》に駆りたてていた。ときには着衣をズタズタに引き裂き、それを丸めてしっかりと胸に抱きしめ、これこそ新たなる人の子だと称した。独房《ツェレ》に監禁されると、たけりたって扉を叩《たた》き、壁を蹴《け》り、呪詛《じゅそ》の声を唾《つば》と共に吐きちらかした。発熱療法もその歪《ゆが》んだ思考をひきもどすことはできず、肉体の衰弱と相まってそれ以上の治療も不可能になっていた。こういう患者にはもはや打つ手はない。せいぜい昂奮《こうふん》の強いときは危険のないよう独房に閉じこめ、あとは肉体の衰弱がすべてを解決させるのを待つばかりである。そしてその通りになった。いまメークムは目を閉じ、四肢《しし》をこわばらせ、生前彼が何度も旅したことがあると称していたあの世に行ってしまっていた。すでに皮膚は光沢を失い、おちくぼんだ頬《ほお》にまばらに髯《ひげ》が生え、胸部は貧弱で肋骨《ろっこつ》がぎろぎろ浮きでていた。というより、骨に薄く皮をかぶせた骸骨《がいこつ》と変りがなかった。

ケルセンブロックはふりむいて、看護婦にむかって頷《うなず》いてみせた。屍体《したい》を解剖室に運んでおくよう命ずると、そのまま黙りこくって、やや猫背ぎみに、足音のひびく廊下を本館の方へ引返していった。そういうとき、この中年の医者は必要以上に老《ふ》けて見えた。まるで彼が常々いじくっているフォルマリン漬《づ》けの人間の組織がその生気を吸いとっているかのようだった。少なくとも彼を見送った看護婦にはそう見えたのである。

ケルセンブロックは町のウオノメ治しの二階に下宿していて、自転車でこの病院に通ってくる。彼はその齢《とし》になってもまだ独身だったが、看護婦たちもそれを天の定めたことのように思っていたし、彼女らに冗談ひとついうこともない面白《おもしろ》みのない医者の一人にすぎなかった。——要するに変り者なんだわ、そのうち彼はあんなふうに無表情にメークム爺さんの頭蓋《ずがい》を鋸《のこぎり》でひいて脳みそを取りだすんだわ、ああ神さま、と看護婦は肩をすくめた。

そのケルセンブロックは、自室に戻《もど》ってからも、同じような表情のまま一見ぼんやりと回転椅子《いす》に坐《すわ》っていた。今しがた見てきた死者の脳髄のことが彼の頭をすっかり占めつくしていたのである。あの灰色のぶよぶよした塊り、その中には無数の発掘すべき鉱脈があった。たとえばメークムのような進行麻痺《まひ》患者の脳には膠質《こうしつ》細胞がふえる。その本態はまだ不明だが、とにかく増加するのだ。そしてその膠質細胞こそ彼がここずっと取組んできたテーマなのであった。ただこの仕事は思いのほか障碍《しょうがい》に満ちていた。なによりもこの細胞が普通の染色法ではなかなかうまく染まらないことだ。しかしケルセンブロックはあらゆる染色法を試みた挙句、偶然のことから聞き知った、ある日本人の考えだした染色法のおかげでようやく成功の緒《いとぐち》を摑《つか》んだところであった。今日死んだメークムの脳髄を標本にするころには——それは多分二カ月くらいあとになろうが——うまくすると立派に染まった膠質細胞を顕微鏡の視野の中に見ることができるようになるかも知れない。

その染色法というのはカハールの原法をツジヤマとかいう日本人が改良したもので、まったくの僥倖《ぎょうこう》からケルセンブロックが知ることができたものであった。ちょうど今この病院に入院している病理学専攻の日本人留学生がツジヤマの友人だったのである。彼は名前しか知らぬツジヤマとかいう男に興味を抱いたし、それを話してくれた日本人にも同じ気持を抱いていた。そういえば、ここしばらくその患者を診ていなかった。なにしろ彼が受持っている患者は百名に近かったし、多少特別な患者であってもとても丹念に時間をかけるわけにはいかなかったのだ。

ケルセンブロックは思いつくと、院内電話の受話器をとりあげた。

患者が連れてこられたとき、ケルセンブロックはそのまま看護人を帰し、小柄《こがら》な日本人には慇懃《いんぎん》に椅子をすすめながら、それとなく様子を観察した。日によってひどく状態の異なる病人だったからである。

「いかがです、お元気らしいですね？」

「ありがとう、先生」日本人は言って、上目遣いに医者を見つめた。その表情は沈んでかたかった。それから彼はいきなり性急にしゃべりだした。「先生、妻から何か言ってきていませんか。どうして見舞にこないのでしょう？　万一ということはありますまいね？　彼女は証明書を持っています。それでも私がやはり傍《そば》にいてやらないと……。どう考えられます、先生？」

「奥さんは大丈夫です」と、ケルセンブロックはゆっくりと説得する調子で言った。「われわれは同盟国人ですよ、タカシマさん。ただ奥さんの場合は旅行をするにも証明書がとりにくいのでしょう、きっと」

「そう」と、高島はいったんうなずいて、なお疑《うたぐ》りぶかそうな視線を床から医者へすべらした。「しかし新聞で見ると、しきりに処刑が行われています。大逆罪といいますが、あれの父親は何ひとつ間違ったことをしていませんし、たとえ誤解であれ私の妻を逮捕するなどということは、――あれは証明書にもある通り、もうユダヤ人でなく、日本人である私の妻なのです。だから彼等《かれら》だって釈放してくれた。しかしこの事件には何か裏がある。彼女が日本人になっていることを、まさか彼等は疑っているのではありますまいね」

ケルセンブロックは、変に何かにとらわれているらしい相手の言葉をしかつめらしい顔で聞き、同じように辛抱づよい言葉で患者をなぐさめた。新聞にある処刑とあなたの奥さんとはなんの関係もない、彼等は恥ずべき裏切者であって民族共同体から除外されるのは当然のことである、――ケルセンブロックは無意識に新聞の用語を使用したが、自分では別段なんの感情も抱いていなかった。彼の世界は別にあったからである――あなたの奥さんは同盟国人の妻として然《しか》るべき保護が与えられている筈《はず》だ。そして我々は間もなく共同の敵を打破るだろう。あなたが故国に帰れるのもそう遠いことではあるまい。

「ありがとう、先生」と小柄な日本人はむきだしに感情をみせてこっくりをした。しかしそれは一瞬のことで、すぐに彼は考えこむように表情を曇らせた。「しかしどうもいろいろ不思議なことがある。そりゃあ私は病気でしたし、私はドイツ医学を尊敬しています。だが先生、一度私を日本人の医者に診せてほしい。どうしたってこういう病気は、同国人でないとうまく意志を伝えられないところがあります。私の友人の佐藤から先日手紙を貰《もら》いましたが、佐藤でなくても残留している日本人の医者がもっと近くにいる筈です。それは佐藤がきてくれれば一番いいのだが……」

「心配することはありません」医者はゆっくりと、おだやかに言った。「ドクター・サトウにはすぐに私からも連絡しましょう。ただ私の意見、これはプロフェサーの意見でもありますが、あなたはもう少し静養する方がいいのです。ドクター・サトウからもそう頼まれています」

「静養？ それはかまいません」東洋人は口の中で呟《つぶや》くように言った。「しかし私も医者です。もちろん臨床のことはわからないが、ある程度の判断はできるつもりです。こういうとあなた方は病識がないと判断するだろうが、ナチスの私の妻に対するやり方はもっと病的じゃなかろうか。私の妻は……」突然、気が激したらしく、その黄色味をおびた血色のわるい顔が歪み、彼はケルセンブロックにはわからぬ自国語を交えながらこう叫んだ。「妻ハ日本人ダ！ 日本の法律でそう決まっている。ソレヲスパイ扱イシヤガッテ！ ドッチガ気違イダッテ言ウンダ？ ……失礼、先生、私の妻は安全なのでしょうね？」

「奥さんは大丈夫です、タカシマさん」ドイツ人の医師はしずかに微笑してみせた。

「私たちは堪えねばなりません。あらゆる意味で、内的にも外的にも」

「そう、たしかに大変な戦争だ」と、相手は急に肩をおとすと、弱々しく呟いた。

「日本は……先生、日本はどうしているでしょうね。なにしろ私は新聞もろくに……」

「お国はよくやっています」医者はむしろひややかに言った。「日本人は勇敢で勤勉だ。そして信念をもっている。あのだらしない身ぶりだけのイタリヤ人とは違います。日本は、われわれは勝つでしょう」

そして彼は、小柄な日本人の黒い瞳孔《どうこう》の中にちらと満足げなかげが動くのを認めた。

ケルセンブロックはなおしばらく病人をなぐさめ、いくらかの臨床上の質問をしてから、雑談の調子になって身をのりだした。

「ところでドクター・タカシマ。例のオリゴデンドログリアの染色ですが」と彼は言った。「あれはうまくいきそうです。あなたの友人のツジヤマ氏の方法はすぐれた考えです。青酸加里で処理するというのはたしかに卓見です。あとはテクニックの点でまだ慣れない点はありますが」

「新しい材料でないと……」相手は遠いことを思い返すような表情をした。それから、この東洋人の患者は次第に熱心な、ひとつことに集中した顔つきになっていった。

「固定してから三カ月以内でないとよく染まりません」

「新しいのでやってみましょう。青酸加里は五パーセント溶液でいいのですね」

「大体そのくらいです。あまり強いと切片が溶けます。それからアンモニア硝酸銀液ですがね、こいつは十パーセントの硝酸銀液にこうアンモニアを滴下していきます、すると黒い沈澱《ちんでん》ができる。さらに滴下していくと澄明《ちょうめい》になる、わかりますね、この一歩手前、うすい牛乳色のところでとめる、これがコツです。なんなら私が一緒にやってみてもいい」

「いや、ありがとう」ケルセンブロックは破顔して背筋をのばした。「うまく行かなければ、そのときはまた教えてもらいます。いや、医学は私らが教師だったが、あなた達《たち》は教師に教えるまでになった。そういえば進行麻痺《パラリーゼ》の鉄反応も日本人の業績ですね。これは尊敬に値することです」

ケルセンブロックには不思議に思えるのだったが、この日本人はこんなふうに真向から褒《ほ》めるとかえって恐縮して小さくなってしまうことだった。それにしても小器用な国民だ、猿真似《さるまね》にしたって堂に入ったものだ、とケルセンブロックは考えた。彼は看護婦を呼ぶ代りに、自分で病棟まで高島を送ってゆくことにした。

ケルセンブロックの知る限りでは、この日本人は開戦少し前に留学してきた少壮の病理学者なのであった。戦争が始まったとき彼は帰りそびれたのだが、やがて戦火はひろがる一方で、ソ連との開戦、さらに日本の真珠湾攻撃となっては、それまで残されていたわずかばかりの帰国の途《みち》も閉ざされてしまった。そうしているうち、彼は下宿先の娘と恋仲になり、正式に結婚するまでになったが、ほどなくその妻はナチスのユダヤ人狩りにひっかかった。彼女の父親がユダヤ人だったのである。彼は奔走し、陳情し、大使館から証明して貰ってやっと妻を釈放させることに成功したが、そんな心労もあってか少々頭がおかしくなってしまった。どうやら彼は、なぜユダヤがいけないのか理解できなかったようだ。一時は非常に昂奮して妄想《もうそう》めいたことを口走るようになり、残留した日本人たちが世話をやいていたが、一年ほど前からこの病院にはいるようになっていたのである。とにかく彼は一クールのインシュリン療法をうけ、最近はあまり病的な症状を示さないようだ。もっともケルセンブロックにとっては、彼の前歴も症状もそれほど興味があるわけではなかった。

病棟の入口で、長身のやや猫背の医者は手を差しだして言った。

「では、お大事に、ドクター・タカシマ」

「ありがとう、先生」小柄な日本人は沈んだ声でそう答えた。

一九四三年二月の初めに公表されたスターリングラードの悲劇は、たしかにドイツ国民に衝撃以上のものを与えた。それ以来国内の様相は一変し、いかにも在郷軍人むきの身体《からだ》つきをした到底前線では使えそうにない老人までが、まだ頬の柔かい少年兵にまじって軍用列車につめこまれていったが、悪化の一途をたどる戦局をくつがえすことは不可能だった。あらゆる戦線にわたって事態は日ましにさし迫っていった。五月には北阿《ほくあ》の枢軸軍《すうじくぐん》はついに戦闘を中止し、九月には急転直下イタリヤの裏切りがあり、なかんずく東からの圧倒的な赤い潮《うしお》はあれほど広大だった独軍の占領地域をみるみる浸蝕《しんしょく》して、すでにドニエプル河の線にまで達していた。今では国内もまた戦場といってよかった。米英空軍のベデカ爆撃はあらゆる都市にＴＮＴ爆弾の雨をふらし、昨日までさして変化もなくそびえていた都市が一夜にしてまったくの廃墟《はいきょ》と化した。今では、疑うことも知らなかった愚直な一般市民までが、胸の奥でひそかに、あることを繰返し呟かないでもなかった。――彼は、総統は、ひょっとしたら誤ったのではなかろうか？

だが、こうした時代にさしかかっても、ケルセンブロックの勤めているこの南独の一州立精神病院には、まだ戦局の余波は意外なほど及んでいなかった。学問の殿堂である大学では教授がハイル・ヒトラーの挨拶《あいさつ》で講義を始め、その学生たちは休暇ごとに前線に出動してゆく今日このごろも、ここには世間から孤立した特殊病院の生活がつづいていたのである。なるほど医者も看護人も減ったし、汽車で一時間ばかりの距離にある都市はすでに数回の空襲をうけている。食糧事情もわるくなった。それでもここにはまだ本質的な変化がなかった。かえって戦争の初期に患者が急に減ったことがある。不吉な噂《うわさ》を耳にした家族たちが病人を無理に退院させて自宅にかくまったからだ。しかしそれは噂にすぎなかった。結局はなんの心配事もなく、いまでは古い患者たちが六百のベッドを一杯にしていた。ほんの小さな州立病院にすぎぬここでは、デマでさえも世間で忘れたころにならないとその古びた建物の中にまでとどいてこなかった。

院長のエーバーハルト・ツェラー教授は、名目だけは大学の講座をもってはいるが、もうとうに隠遁《いんとん》の生活を送ってよい年齢に達していた。といって、彼は他の多くの教授たちのように齢をとると共に患者から離れて思索の世界に没入するという性《たち》ではなく、たとえ持病のリューマチが彼の歩行を妨げたとしても、また血圧が決して正常とは言えなかったとしても、なお古い分裂病患者の表情のない顔をのぞきこみ、意味のわからぬ彼らの呟きに耳を傾けないではいられない性の医師であった。知識自体はなんの役にも立たず、単なる認識の結果は治療上の虚無主義となる、医者はただ癒《なお》すためにいるのだ、というのが彼の持論で、病院内の官舎から毎日とぼとぼと病院に出てくる彼の貧弱な姿全体にそれが具現されていた。よくこの頭の禿《は》げあがった小柄な老人は昼食に官舎にもどることをせず、院内の食堂で若い医師たちと食事を共にすることがあったが、そこが皆と顔を合せられる唯一《ゆいいつ》の場所だったからである。

ケルセンブロックがはいって行ったとき、食堂には院長をのぞいた医者たちが顔をそろえており、スープをすすっていた。医長《オーバーアルット》のフォン・ハラス、太っちょのラードブルフ、女医のヴァイゼ、つい先だってまで学生であったゼッツラー、それにケルセンブロック、これが六百名の患者を診察し治療するために残された医者のすべてなのであった。

「くだらん、実にくだらん」ツェードリック・ラードブルフは叫ぶように言うと、肥満した身体をゆすぶりながら青豆をほおばった。彼のだぶついた頰の肉は、咀嚼《そしゃく》するときもしゃべるときも、わざとしたように大仰にびくつくのだった。この男の心臓の弁膜には軽い故障があって激務に堪えられぬのだといったら誰《だれ》だって耳を疑いたくもなるのだが、しかしそれは本当のことで、ラードブルフ自身日常の生活に案外の神経をくばっていた。といって、それは彼が何であれ上機嫌《じょうきげん》で茶化した末、大口をあいて笑いこける習慣にまでは及んでいなかった。

「これはとんだ時代錯誤だ。ほろりとする逆行だ。ものみなが煙突行きというこの時代に、精神病者の断種にまで反対なさるのですかね、フラウ・ヴァイゼ？」ラードブルフは隣りに坐《すわ》ったヴァイゼ女医の、いくらか血色のわるい頬骨《ほおぼね》のはった横顔を無遠慮にじろじろと眺《なが》めた。

「遺伝因子がこれだけ強い場合、一体そのほかの処置が考えられますかね。こういうときに必要なのは、理性、ただこいつだけだ。感情という奴《やつ》はいつだって最も低級な形式にすぎない。大体なんのために優性遺伝なんて言葉があるんだ？　断種は理性的で道徳的で、僕《ぼく》に言わせれば、むしろ宗教的でもあるね。殊《こと》に安死術ともなれば、こいつはたしかに宗教的だ」

しゃべり終ると彼は満足げに太った身体をゆすぶった。ヴァイゼにむかって宗教的という言葉を二度も使用できたことが彼を喜ばしたことは明らかであった。

「しかしねえ、ツェードリック」と、いつもの静かなフォン・ハラスがやや苦々しげに口をはさんだ。「煙突行き、安死術、そんな言葉をやたらに口にしない方がいいな。ああいうことが実際に行われるなんて噂は莫迦《ばか》げたことだ」

「では、例のフォン・ガレン司教の説教はどうなんです？」

「僕は信じないよ」と、ハラスは不相応に真剣に言った。その広い額の下の、いくぶんくもった瞳《ひとみ》は冷静に自分の言葉を反芻《はんすう》しているかのようだった。「ベルリンの指令でそんなことがなされる筈がない」

「そりゃそうです。僕だってそう思いますよ」と、ラードブルフは話題を変えた。ラードブルフは戦争という行為に美と善の意志を感ずると称していて、もし自分のいまいましい持病がなかったら、我等のドイツの敵という敵に目にものをみせてやるのだがといきまくのが常だったが、そんな彼にしてもハラスには一目おいていた。ハラスは家柄もよかったし、学問も優秀で、なにより戦争初期にフランスからオランダに転戦した勇士だったからだ。彼の先祖はフリードリッヒ大王麾下《きか》の将軍だったし、彼の兄は海軍の将校で、おまけにその乗艦は女子供にまで名を知られている存在だったからである。

「安死術となればそれは色んな問題がありますよ。しかしフラウ・ヴァイゼの反対しているのは断種ですからね。合法的な断種についてなのですからね」

「合法的といっても悪いものだってあります」ヴァイゼはきっぱりと言った。頰骨が高いために多少いかつい感じを人に与えたが、それでも彼女はラードブルフがからかう対象にするだけ充分に若く、フラウ・ヴァイゼと呼ばれてももちろん彼女はまだ独身なのであった。「たとえば私の知っている例で、これは相当高度の白痴の女の場合です。調べると彼女の同胞は大なり小なりみんな精神薄弱で、これはもう文句のないところなのです。で、彼女はドレスデンの手術室で断種をうけました。ところがそのあと、身のまわりの始末もできなかったこの女が、次第に智慧《ちえ》がついてきて、一人前の社会人となって結婚までしたじゃありませんか。立派な妻になったのですよ。これは晩熟の例だったのです。彼女は幸福で、ただ子供ができない点が不幸だったのです。いざできないとなるとどうしても子供が欲しくなったのですね。彼女はとうとうある日他人の赤ん坊を盗みました。これは断種の罪じゃあないでしょうか？」

「なんにでも例外はあるよ。そんなことはプ、プ、プロッエントの問題だよ」と、ラードブルフは上機嫌のあまりどもって言った。

「一々そんなことを気にしていて何の改革ができる？　なるほど君は眉《まゆ》をひそめる。眉をひそめることで、我々は進歩から脱落していくんだ。仮りにその白痴女が一人前の女となったのを認めるとしてもだね。もし彼女が子供を生めて、その子が高度の白痴じゃないとどうして言える？　その可能性のほうがずっと多いんだ。そうなればその子にしろ母親にしろ不幸だし、社会と国家の損失以外なにがあるかね？　なんのために遺伝学があるのかわからなくなるね。それとも一切は魔がついたの昔に帰ればいいとでもおっしゃるのですかね」

「そうじゃないのです」と、ヴァイゼは辛抱づよく顔色を動かさなかった。「私たちは科学的でありたいと思います。合法的な断種にしたって、その判断をくだすのは人間なのですからね。科学が排するのは、科学に名を借りるごしゃまぜです。どんな立派な制度にしても、それが人間に関するものであるかぎり不完全ですし、そのごしゃまぜが実にたやすく行われるじゃありませんか。殊にこうした時代には」

「なるほど、こうした時代にはね」と、ラードブルフは茶化すように言った。ついで胸をそらすと、おそろしく早口に、畳みかけるようにしゃべりだした。

「だが、一体どんな時代だっていうのです？　なるほど戦争だ。それがどうだっていうんです？　理想のための戦争なんだ。ところで僕に言わせれば、戦争でなかった時代などないんだな。もともとドイツが戦争国家以外にあり得なかったなどというんじゃなくて、進歩のためには血が必要なんだ。こってりと赤い血がね。いやいや、あなたが何と言いたいかちゃんとわかってる。たとえば躁鬱病《そううつびょう》をこの世からなくしてしまえば、同時にこの世から一切の色彩を、豊かなもの、激しいもの、沈鬱なるもの、もの悲しいものを失わせることになると言いたいんだろう。あとには精神病質と分裂病がのこる。これは院長の口ぐせだ。親愛なる老ツェラーの呟《つぶや》き、彼にも若い時代のあったことを知らせる愚痴なんだ。この世にはしかし他の色彩もある。有益な色彩と有毒な色彩のどっちをとります？　もちろん毒蝶《どくちょう》はけばけばしい鱗粉《りんぷん》で蝶類蒐集家《しゅうしゅうか》をひきつける。ところで蒐集家って奴は、役立たずの、書斎の黴《かび》の、まあ我々の国家には無益な代物《しろもの》なんだ。けがらわしいユダヤの末路、ユダヤって奴は蒐集家ですよ。彼らは闘争を知らない、真の意味の闘争を知らない。闘争というものは、元来秩序だて、清掃し、粛清するものなんだ。それに比べて奴らはその身体に黴をはやらかして怠惰にパンを食う。こんな固いパンじゃない、うまいパンをだ。彼らこそ、密《ひそ》かなる糧《かて》を美味に食い、窃《ぬす》みたる甘き水を飲む奴輩《やから》だ」

彼は肥満した身体をゆすって笑った。それは自分でも馬鹿《ばか》げた哄笑《こうしょう》で、およそ辻褄《つじつま》も秩序もなくしゃべったことをみんな忘れてしまう効果があった。

一方、ラードブルフの饒舌《じょうぜつ》を聞いているのかいないのかわからない一人に、まだ若いエルンスト・ゼッツラーがいた。つい先だってまで学生の身分であった痩《や》せた金髪の青年であったが、青春のかけらもその眼差《まなざ》しには窺《うかが》うことができなかった。戦争が始まってから彼がありきたりの医学生の生活をつづけられたのはほんのわずかの月日であった。すぐに衛生部隊に徴用され、ついで看護員としてフランス戦線に出動し、それからミュンヘンの学生部隊に配属となった。こうして彼はおそろしく不規則な学業をつづけてきたのだった。半ば兵士で半ば学生、兵営にはいったかと思うとまた大学で講義をきき附属病院へ実習に行く生活、その間彼は休暇に二度ロシヤ戦線に出むいていた。殊に最後のものは戦局が急変した一九四二年の暮からで、ここで彼は自分の若さをすべてすりへらし、単純ながらも確乎《かくこ》とした自分の人生観を根本からくつがえすような体験をしてきたにちがいなかった。この病院にきて以来、彼はラードブルフの野卑な冗談にはもちろん、一杯飲むときにもほとんど笑顔を見せたことがなかった。彼から戦闘の話をひきだそうとしても無駄《むだ》であった。ただ彼は黙々と仕事をした。その左手は義手で、また膝《ひざ》の骨を砕かれているため今もかすかにそれとわかる跛《びっこ》をひきながらも。

カール・ケルセンブロックもまた食卓の会話には加わろうとはしなかった。彼の思いはすっかり自分の仕事のことに囚《とら》われていたからである。今度の脳の組織標本はうんと薄く切らねばならない。ゲフリールで切るよりやはりパラフィン固定でやらねばなるまいな、と彼は考えていた。それから、皿《さら》に残ったソースをパンのはしで丁寧にぬぐい、パンも段々ひどくなってきたなと考えた。するとだしぬけにとんでもない大きな胴間声がひびきわたったので、ケルセンブロックはさすがに顔をあげねばならなかった。太っちょのラードブルフが今しも手をふりまわして得意の演説をぶっている最中であった。

「では諸君！」と、彼は大仰な身ぶりで卓を叩《たた》いた。「あのブルゲル嬢の氷のごときハートをもとかすような贈物を考えてほしい。それも急速に考えてほしい。あのキッツキのごときクチバシを有する女性のお気に召すには、奇蹟《きせき》が、フラウ・ヴァイゼが信じている以上の奇蹟が必要であろう。世が世ならラ・ボエティ街の毛皮屋からでも直送させねばならんところだが、現在はどうもそうもいかん。彼女の部屋をひそかにゴルゴタの聖地にしたててやろうとも案をねったが、残念なことにゼッツラー君がロ助のしゃれこうべを持って帰ってくれなかった……」

ブルゲル嬢というのは、そろそろ生涯《しょうがい》を独身で通すだろうと自他共に思う年齢のぎすぎすした院長秘書で、他の大学や病院における教授秘書と同様、医者たちにとって隠然たる勢力をもっているのだった。彼女に睨《にら》まれることは院長に睨まれるのと同じくらい具合がわるかった。もうじきブルゲル嬢の誕生日がやってくる。毎年その贈物には智慧をしぼらねばならなかったし、さてこそラードブルフの演説となっていたのである。

だが、断種についての議論、贈物の相談、すべてはこの一州立精神病院が、本質的には少しも変化していないことを示していた。たしかにこの古びた、三十余年の歴史を有する病院は昔のままに存立していたのだ。もとより戦時下の窮迫はあったにせよ、それはひっそりと、世間と没交渉に、都市から遠く離れて、いくらかの丘陵と畠《はたけ》の中にくすんだ石塀《いしべい》をめぐらしながら十年一日のごとくうずくまっていたのである。

3

すでに冬が来ていて、患者たちが戸外で過す時間も制限されねばならなかった。それでも日がさしているかぎり、時間がくると紺の制服を着た看護人が高島のいる病室にもまわってきて、太い声で患者たちを室内から追いだしにかかった。

「さあ、庭に出て、庭に出て」

そのずんぐりした体軀《たいく》はまったくビール樽《だる》そっくりで、歩いてゆくというより転がってゆくという方が当っていたが、ときどき彼はあから顔を更にあかくして、そこに佇立《ちょりつ》したままの分裂病者を押してやらねばならなかった。そうでもしないと、いつまでも一カ所から動こうとしない連中が多かったからである。

「さあ、庭に出て、庭に出て！」

彼はそれきり文句を知らないみたいであった。患者がなにか話しかけたり質問しようとすると、彼はそっぽを向いていっそう声をはりあげた。「さあ、庭に出て、庭に出て！」

看護人のあとには、大抵いつもむさくるしい類人猿《るいじんえん》みたいなお供がつき従っていた。

ひょろひょろと背は高いが、どこからどこまでだらりとした、一見して高度の白痴とわかる男であった。彼はフリッツと呼ばれたり大王と呼ばれたりしていたが、看護人のあとをふらふらついてまわり、チンパンジーそっくりに主人の真似《まね》をして歩いた。指先で間断なく穢《きたな》い乱杭歯《らんぐいば》をほじくり、同時に、その隙間《すきま》だらけの歯の間から奇妙なうなり声を洩《も》らすのだった。それは彼にしてみれば立派な唄《うた》で、看護人が太い声をだすときだけそれはやんだ。そしてフリッツもまたせい一杯息を吸いこみ、一種舌足らずの発音で同じ文句をどなった。

「さあ、庭にでえて、庭にでえて」

高島は自分から先に庭におりると、ずっと端の方のベンチに腰をおろした。ここからは三方をかこんだ病棟《びょうとう》が見まわせた。相当に古風な建物で、病院として造りなおしてはあるものの、中世紀の僧院といった感じがつきまとっていた。そのくせこの古びた建物の内部は、思いのほか新しく、清潔で、整然としているのであった。人手が足りないにもかかわらず——もちろん患者たちも手伝わされるのだったが、どこもかもぴかぴかに磨《みが》きたてられていた。高島が学生時代に見学した日本の瘋癲院《ふうてんいん》の薄穢さ、湿っぽさ、特有の臭気はここにはなかった。そして高島は留学当時はこうした石造りのがっしりした建物、あらゆる点に行きとどいた清潔さと整然さに羨望《せんぼう》を感じたものだが、いまは木造りのへなへなした家やそこに住む小柄《こがら》な人種に言いようのない懐《なつか》しさを覚えるのだった。それは単なる郷愁でもなさそうに思われた。ここにいると彼は確実に息苦しかった。何がそうなのか。この国がか？　この民族がか？　それともこの時代がか？

もっとも高島は入院以来のことをよく思いだすことができなかった。なにか漠然《ばくぜん》とした靄《もや》のようなものがかかっており、一進一退だった症状のことも、うけた治療や同室の患者のこともはっきりしなかった。ずいぶん長い年月だったような気がする。といって、すべての記憶がぼやけているのではなく、乱視の検査のときに検査表のある線がくっきり見えるように、ところどころどぎついくらいの記憶があった。そして、そうした記憶を思いだすことが高島は怖《おそ》ろしかった。いやいや、今はもうそんなことを考えまい。とにかくここのところはずっと具合がいいのだ。それにしても佐藤は？　ケルセンブロックは近いうちにサトウが来るから、そうしたら今後のことを決めようといってくれたのだが。いやいや、もっとのんびりしなければ駄目《だめ》だ。退院が二、三日早くなろうが遅くなろうが、これまでの月日にくらべれば何でもないことではないか。

高島はぼんやりと目をあげて、中庭一杯に淡い初冬の日光をあびている狂人たちを眺《なが》めた。彼らはパジャマの上からガウンをまとったり、よれよれの背広をきたりして、大抵は孤立してじっとあらぬ考えにふけっていた。紺色の病院の制服をきた患者は半数にみたなかった。さすが制服好きの国民も、今はそこまで手がまわらぬらしかった。

高島のベンチにひょいひょい踊るように歩いてきた男が腰をおろした。その男はさっきからあちこち歩きまわり誰彼《だれかれ》の別なくしゃべりまくったあとなので、少々息を切らしていた。それでも彼は坐《すわ》るや否《いな》や、ずるそうな笑いをうかべて高島の脇腹《わきばら》を突ついた。

「ハイドル！」それはハイル・ヒトラーのなまりであった。「ようこそ、兄弟」

「ハイドル」と高島も言った。

「なにがハイドルだ？」と、相手は急に居丈高になって胸をそらした。「俺《おれ》たちの国じゃあそんな挨拶《あいさつ》はしねえ。俺たちはこういうんだ。こんにちは《グリュース・ゴット》、兄弟。本当の神さまを知らねえ奴等《やつら》はこう言わねえんだ。奴等は青ぐろいから、青ぐろいんだ。グリュース・ゴット！　こう言ゃあ青ぐろくねえだろう、なあ兄弟？」

高島は無言で頷《うなず》いたが、そのときはもう男は立上って向こうへ歩いてゆくところであった。ひょいひょい踊るみたいに歩き、行き当りばったりの相手をつかまえてまた何やらしゃべりはじめた。

それにひきかえ、さっきから左手の樹《き》の下に立っている中年の男は、不動の姿勢をとったまま微動だもしなかった。いかつい顔をした、骨組までがっしりした男で、そうして化石したように佇立しているところを見ると、なんだかドイツ精神そのものを見るような気がした。広い額とぐっと結ばれた唇にはかたくなな意志が秘められていた。そこには外に向った傲岸《ごうがん》さと閉じこもった内気が、生来の地方主義とそれに矛盾せぬ汎《はん》世界性とが、ある狭さとそれに準ずる深さとが、ぎこちない姿勢の中に同居しているように思われた。そして高島には、分裂病と呼ばれる疾患はたしかにドイツ人にふさわしい、とそんな考えが浮んできた。いや、これはつまらないこじつけだなと思いながらも、高島はなおその考えから離れられなかった。

といって、肝腎《かんじん》の自分はどうなのか。ケルセンブロックは確かにこう言いはしなかったか。分裂病《シッオフレニー》です、その一つの型《フォルム》です、だからドクター・タカシマ、あなたはゆっくり静養しなけりゃならんのです。

「さあ、中にはいって。中にはいって！」

ふたたび太い声がひびいてきた。ずんぐりした看護人が動こうとしない患者を追いたてながら近づいてきて、その背後には例のフリッツが、類人猿そっくりに身体《からだ》をゆすりながらつき従っていた。彼は相変らず片手で歯をほじくっては、ときどきうなるような声をたてた。

「中に、中にはいってえ」

さまざまな患者たちは、獣の群のようにぞろぞろと動きはじめた。高島もその群にまじりながら、初めて見るもののようにそれらの人々を眺めた。高島はずっと彼らと一緒に暮してきた筈《はず》であった。そのくせ彼らはいつも遥《はる》かな距離をへだてたぼんやりした影であり、ほとんど彼の意識の中に立ちいってこなかったのだ。これは彼らのせいではなく、俺が自分一個の殻《から》の中に閉じこもっていたからだ、と高島は考えた。彼らもまたそれぞれ自分なりの小世界を形造っているのだろう。そこにはなんの連帯感もない。これほど人間が孤立して、お互にお互がわからなくなり、てんでばらばらに生きるということは想像もしなかった。もしかすると、人間は社会的な存在ではなく、或《あ》る種の孤独性狩猟蜂《しゅりょうばち》のように、こうした孤立性の方がふさわしいのかも知れない。

するとそれに対抗して、あまり脈絡もなく、かなり以前の記憶がよみがえってきた。それは大洋を幾日も航海したあと、船が陸地に近づき、ふと見ると思いがけなく、水平線の上に四角い建物が浮びあがってひしめいている光景である。砂漠の中の蟻塚《ありづか》のように、それは人間という生物が集って建てた高層の住家で、自然に抗してそれは海上に群がって並び、高島はある種の感動さえうけたものだった。

「やあ、日本人《ヤパーナー》だな、あんたは」

入口のところで高島は声をかけられた。半ば銀髪になった品のいい老人で、そのくせその整った顔は急にだらしなく崩れると、喉《のど》の奥からくすくす笑いが洩れてきた。

「おめでとう、おめでとう。わが軍はついに日本軍と握手しましたぞ」

「え？」

「黒海の上の方だ。いま放送しとる」老人は左の耳をさして、こらえきれぬようにくすくす笑った。

「おや、けしからん、BBCじゃまだこんな唄をやっている。ジークフリード線に洗《せん》濯《たく》物を干す？一世紀前の唄だ。カナダに亡命した奴等のたわごとだ」急に老人は憤然としてこぶしをにぎったが、それは長くはつづかなかった。「戦友、おめでとう、日本軍はカナダに上陸しましたぞ」

「さあ、愚図々々しないで。さあ、あんたはこっち」後ろから看護人がなおもしゃべろうとする老人を押しやった。

「静かに！」老人はいかめしく自分の左の耳を指さした。「重大発表をしとる。静かに！」

その老人の様子があまりに確信にみちていたので、高島は我知らず耳をすましてみた。もとより老人の聞いているのは架空の幻聴なのだとわかっているくせに、そうせずにはいられなかったのだ。

「タカシマさん」背後でたしかにそう呼ぶ声がした。高島が少しぎくりとしてふりむくと、そこには大柄な筋骨たくましい看護婦が立っていて、とりつく島のないほど事務的な声で言った。「タカシマさん。面会です」

そのころ、病院の門をすさまじいスピードで一台のサイド・カーがはいってきた。玄関のわきでくるりと器用に回転して止ると、乗っていた黒い親衛隊の外套《がいとう》をきた将校が身軽にとびおり、大股《おおまた》に玄関の中にはいって行った。

「やあ」と高島は言って、面会室のソファにかけていた佐藤のところに思わず駆け寄ろうとした。が、なにかが彼を制した。で、彼はできるだけゆっくりと近づきながら相手の靴先《くつさき》を見やった。

佐藤は高島と同じころ留学してきた心理学者で、むかし高等学校の同窓だったことがある。高島をこの病院に入れたのも彼だったし、おそらく今も主治医のケルセンブロックと相談してきたあとなのにちがいあるまい。そう考えると、高島は佐藤と口をきくのが怕《こわ》いような気がした。それに高島はもう何カ月も日本人と母国の言葉を話したことがなく、それが少なからぬ戸惑いと感動をひき起した。

「元気そうじゃないか」佐藤は、健康者が知合の病人を見るときの、少々困惑したような顔をふりむけ、ろくすっぽ相手を見もせずにそう言った。「遅くなってすまん。いや、近ごろの汽車はひどいもんだよ。ずっと通路に立ちっぱなしだ」

佐藤は旅行の話をし、あれこれと知合の在留日本人の動向を話した。帰国の途《みち》をとざされた一般邦人は主にベルリン、ハンブルグに集っており、かなり多くの者が空襲が激しくなってきて以来郊外に部屋を借りて二重生活をしていた。用もないのに日本人クラブに集ってきて無駄話をしたり、金のある大使館筋とか軍部筋とか満鉄関係者などは、けっこう繁昌《はんじょう》しているキャバレーやナイトクラブに出入りしているのも相変らずとのことであった。それに比べて留学生たちは奨学資金をのばしてもらい、スイス経由の乏しい送金をうけ、買出しに大部分のエネルギーを使っているのが実状だった。中にはわざわざハンガリーまで闇物資《やみぶっし》を買いに出かける者まであった。スイスは物価が高かったが、ハンガリーはずっと安く、それにこの国は整然とした統制下にあるドイツにくらべると闇市の天国といってよかった。そうして本物のコーヒー、チョコレートを買って帰れば、ドイツではそれと引きかえに大抵のものが入手できたのである。

「でもなあ、パリの大使館あたりじゃ、リスボンからじゃんじゃん酒煙草《たばこ》を入れてるそうだ。ベルリンの大使館にもそのおすそわけがきて、俺たちだってそのまたおすそわけにあずかっているという次第だ」佐藤はわざとらしい笑声を立て、やっと話題を元にもどした。「ところで、いまケルセンブロックに会ってきたが、君はずっと具合がいいそうだな。ずいぶん太ったじゃないか」

「インシュリンのせいだよ。食物はよくないよ。いや、ずいぶんひどいよ」

「もう娑婆《しゃば》に出たいか」

「自分じゃもういいと思うのだが」と、高島はためらいながら言った。「退院をなかなか許してくれないのでね。僕《ぼく》はもうやって行けるよ。これでアンナのところに帰ればもっと元気になると思うんだ。ここじゃ医者と滅多に話ができないんだ。もっと話をする機会があればわかって貰《もら》えると思うんだが。稀《まれ》に会うとつまらない話で終っちゃったりしてね。アンナは一度も見舞にこない。どうしているのだろうか？　それにしたって一度も来ないのは医者が禁じているにちがいないんだ。手紙だってずっと受けとっていない」

「まあ、空襲もひどくなっているからな」佐藤は高島が次第に早口になるのを抑えるように眼鏡を光らせて、ちょっと相手を探るように見た。「医者にまかせろよ、そういうことは。……ケルセンブロックはこんなことを言ってたよ。つまりね、君が彼女を半ユダヤとは知らなかったのだろうってね」

「知らない筈がないじゃないか。アンナはわざわざ衣料切符を三点出して、あの星印をつけていたんだ」

「しかしなあ、君は狙《ねら》われたんだよ、はっきりいうと」と、佐藤はいくらか茶化すように、同時に相手をそっと観察しながらつづけた。有体《ありてい》にいえば佐藤はユダヤ人が嫌《きら》いだった。迫害を受けている彼らから佐藤は何遍もすがられたり頼られたりしている。その際の彼らの計算をむきだしな顔つきが嫌いであった。この件に尽力して貰えばいくらいくらやる、モカのコーヒーもあげる、と彼らはきまって雄弁をふるうのだった。

「奴等にしてみれば同盟国人と結婚するのがわが身の破滅を防ぐための最大の手段だからな。君はうかうかとそれにひっかかったんだ。僕がはじめから反対だったのは君も覚えているだろう。こんなことを言いだすのも……」

「やめてくれ！」と、高島は思わず身体を浮せて相手の言葉をさえぎった。が、すぐはっと気づいたように、ぎこちなく足を組みかえた。「君、僕はやっぱりそうしたことを聞きたくないよ」

佐藤はちょっと黙ってから、身体を近づけておだやかに言った。

「君を昂奮《こうふん》させるつもりじゃなかったんだ。実はな、僕は場合によってはスイスに逃げる計画を立てている。口はありそうなんだ。それで、もしうまく行けば、君にも口を見つけて一緒に来てもらおうと思ってね」

「スイスへ？」

「だって君」佐藤は声をひそめて言った。「ドイツは負けるよ」

そんなことは考えたことがなかった。なるほど現在独軍が後退をつづけているらしいことを高島は知っていたが、実際にドイツが敗れるなどとは夢物語の気がした。それほど一留学生の目にもドイツ軍は圧倒的なものとして映っていたのである。たとえばまだ開戦前の冬期救済運動日などに都市の大広場で行われた独軍のパレードひとつにしてもあまりに威圧にみちたものではなかったか。若い国防軍の兵士たちはまるでジーグフリードそのもののように見えた。そしてそれを裏書する開戦以来の電撃的勝利だった。あの鉄のような軍隊が本当に敗れるなどということがあるのだろうか。

「僕はもちろんこんなところにはいっていていて……」と、高島は口ごもった。「しかし、本当にそんな情勢なのか？」

「俺たちは一般のドイツ人よりは客観的に物事を見られるからね」佐藤は憂鬱《ゆううつ》そうに

言った。「BBCも聞いているし、前線帰りの朝日の記者からも話をきくし……。それになあ君、日本だって危いんだよ」

院長のツェラーは椅子《いす》の中に低く身をしずめていた。数日前から熱があって床についていたのを無理に起きてきたせいばかりでなく、彼は目の前が暗くなるのを感じた。大体が彼は昔のプロシャの軍隊に根強い讃美《さんび》を抱いている反面、ナチスを成上り者として軽蔑《けいべつ》していた。しかし今、光り輝くばかりの制服に身をかためた親衛隊の大尉《たいい》を前にして、相手が自分の息子くらいの年齢なのに、この老人は苦しそうに肩で息をすることしかできなかった。

結局、ツェラーはうなずかざるを得なかった。ごもごもと自分では何を言っているのかわからない返事をした。彼はすっかりうちのめされていて、短い猪首《いくび》を前にふるのがやっとだった。

やがて将校が立上ってかちんと踵《かかと》を打合せ別れを告げるのに気づくと、老院長はあやつられたように立上り、弱々しく相手と同じ文句を呟《つぶや》いた。「ハイル・ヒトラー」

「ここのところ情勢はどんどん悪くなっている。ベルリンじゃ毎日空襲だ。それに高射砲がうんと減ってしまっている。ろくに邀撃《ようげき》もできないんだ。みんな東部戦線に持っていってしまったのだよ」と、佐藤はつづけた。「前よりよくなってるのは防空壕《ブンカー》だけさ。そうか、君は空襲らしい空襲も知らないのだったな。解除のサイレンが鳴ってからすぐブンカーを出るとな、街には全然人影がなくって建物だけが音を立てて燃えているんだ。空は丸一日煙でまっくらだ。こいつはちょっと凄《すさ》まじい光景だよ」

高島は記憶をたどろうとして顔をしかめた。空襲なんて子供だましのことと思っていた。実際、独ソ戦の始まる少し前、高島がまだベルリンにいて経験した空襲はそんなものであった。あのころ、ベルリンの夜空はサーチライトが交錯してかえって美しく、日本から防空施設を視察にきた工大の教授がばかに感心したのを覚えている。そうだ、あのころ灯火管制の下にひろがっていた巨大な都市には、たしかに独特の美しさしか見当らなかった。電車やバスの青くぬられた窓硝子《まどガラス》をもれる沈んだ光、公共防空壕の所在を示す黄色のランプ、さらに横断歩道にぼうっと蛍光《けいこう》を放つ夜光塗料。肝腎の敵機は夜中すぎにほんの数機がまぎれこんでくるだけであった。下宿の老婆がドアを叩《たた》いて、「トミーですよ、また」と報《しら》せにくるのだが、眠そうで、おざなりで、真底から慣れきっているもののようだった。地下室におりると、オーバーをはおった男女が落着いて雑誌などを読んでいる。高射砲らしい音がひびいたりするときだけちょっと目をあげる。ほどなく解除のサイレンが鳴る、それだけのものにすぎなかった。むしろ高島は、そんな時刻に皆が地下室で「グーテン・モルゲン」と挨拶《あいさつ》しあうのを、なるほど几帳面《きちょうめん》な国民だと感心したくらいのものであった。その敵機が今は信じられぬほどの暴威をほしいままにしているらしい。

空襲の話ひとつにしても自分と外界とのずれが感じられ、高島は自信なさそうにおずおずと言った。「そんなにひどいのか」

「ひどい。もう制空権はあちらが握っているのだからね。こうなったら俺《おれ》たちもよっぽど考えなくちゃならない。それに俺は残ってる日本人どもが肌《はだ》に合わなくってね。胸糞《むなくそ》がわるいからクラブにもずっと行かないんだ。俺はスイスに行って仕事の真似事《まねごと》でもしたいよ。君も考えてくれ。その方が保養にもなる」

「しかし僕はとにかくアンナのところに帰るよ。一刻も早く帰りたいんだ。君、僕は退院できるのかね。ケルセンブロックは何て言っていた？　僕は……やはり分裂病なのか」

「気にするなよ」と相手は言った。眼鏡が光ったのでどんな目つきをしているのか高島にはわかりかねた。「まあ一種の反応《レアクチオン》さ。神経を使いすぎた、それだけだよ」

「しかし」と、高島は考えにふけるように言葉を切った。「僕はやはり妄想《もうそう》を持っていたんだな。だけどどこまでが妄想でどこまでがそうじゃないかってことを、一体医者はわかるものなのかね？　殊《こと》に外国人の場合、判断できるのかね？」

「そんなことをあんまり考えるなよ」

「しかし、その基準は一体どこにあるんだ。たとえばユダヤに対するナチの考えは妄想じゃないのか」

「つまらない。やめろよ」

「いや、言ってくれ。あれは妄想じゃないのか？」

「それはわからないさ。いいかね、客観的に間違っていることを頑固《がんこ》に信ずるのが妄想だ。しかし誰《だれ》だって客観的に生きているのじゃない。個人だって国家だって民族だってそうだ。だから彼らの信念が妄想かどうかは時代が経《た》ってみなけりゃわからんさ。もちろんナチスのやり方は俺たちには理解できない。これは俺たちが彼らの歴史を知らないからだけじゃなくて、ヨーロッパにしみついた巨大な無意識をもっていない者にはわかりっこないさ。ナチスのやり方は君には我慢できぬだろうが、俺は半面讃美もしたいね。あれは逆上ではなくて冷静な計算の結果なのだからな。なんだか人間わざ以上という感じがしないか。彼らが超人とか劣等人とかいう言葉を好んで使いたがる心理が俺にはわかるような気がするね。いずれにしてもユダヤ問題だって結果がでるのは三十年も、いやもっと経ってみないとわからんだろうよ」

「もしそれだけ経って」と、ほかのことを考えているようにぼんやりと高島は言った。

「それが妄想だとわかったら……」

「いや、妄想ということは当らないよ。ナチスは精神病理学的には健全だよ。健全すぎるくらい健全だよ。正確にいうなら優格観念とでも言った方がいい。これは中世の魔女妄想と同じように、病的な妄想とは違うんだ。つまり迷妄というのは群衆の信仰内容で共同の誤謬《ごびゅう》なんだ。こいつは理性によってではなく、時代の変化によって訂正される。それに比べて本当の病的妄想という奴《やつ》は逆に一般の信ずるものとは隔離されていて、むしろ社会に抗して心の内部で固持されるものなんだ」

「君はまるで講義でもしているようだね」高島はいらいらしたふうに爪《つめ》を噛《か》んだ。

「要するに僕はどうなんだ？　ケルセンブロックはどう言っているんだ？」

「君は近いうちに退院できる筈《はず》だ」佐藤は言葉をきって、しばらくの間ためらった。

「なあ、しかし落着いて聞いてくれ、君がアンナと一緒になったのは、俺はまあ一種の方便だと思っていたんだ」

「ばかな！」

「黙って聞いてくれ。君はここで頑張らなくちゃいけない。ケルセンブロックに俺は頼まれたんだ。彼は君に隠していたのだが……」

高島は立上りかけて、辛うじてそれを自制した。「アンナがどうかしたのか？　言ってくれ。どうしたんだ？」

相手はあやぶむような眼差《まなざ》しを向けて、まだ口ごもっていた。予感が高島をおしつつみ、ついでそれは確信に変った。あえぐように彼は言葉を押しだした。

「殺されたのか？」

「いや」と佐藤は短くドイツ語でいった。「自殺《ゼルプストモルト》だ」

フォン・ハラスは頭の中で忙しく要点を反芻《はんすう》してみた。この病院の不治患者はすべて第七収容所に移される。親衛隊づきの医師が患者の選出にあたることになる。これは確かに可怪《おか》しかった。なにも不治患者を収容しておくのにこの病院が不適当という理由は少しもなかった。するとそれは口実にすぎないのではないか。やはりどこからともなく洩《も》れていた世間の噂《うわさ》が正しかったのではないか。信じられないことだった。しかしほかに考えようがなかった。ハラスは言いかけた。

「では……」しかし彼はそのままふたたび口を閉ざした。

院長はさっきから椅子もすすめないでいた。すすめることも忘れているようであった。熱のためにうるんだその目は、疲れて、老いて、絶望しきっていた。彼には事態がもっとよくわかっていたのだ。二カ月ほど前、昔の同僚のいる病院で起った事実を聞かされていたのだった。もうじたばたしても始まらないのではないか。いったん命令がきた以上、どんな照会も運動も無効といってよい。なんとか患者を救おうとして駆けずりまわったその友人は、首が大切ならそんなことを訊《き》くものでないと、ある国家保健委員からあからさまに釘《くぎ》を打たれたと聞いていた。

ハラスはもう一度口を開こうとした。そのとき、まったくだしぬけにこういうことが起った。なにかを思いついたかのように急に立上ろうとしたプロフェサー・ツェラーは、そのままよろめいて椅子にすがるような恰好《かっこう》をした。おどろいたハラスが腕をのばして抱きかかえると、老人の小柄《こがら》な身体《からだ》は実にもろく崩れかかり、歪《ゆが》んだ口の端から涎《よだれ》が流れだしてきた。疑う余地もない明瞭《めいりょう》な脳出血の徴候であった。

「ブルゲル嬢! ブルゲル嬢!」いつになくうろたえたハラスは院長の身体をささえながら、まったく素人《しろうと》のように大声で叫びたてた。

佐藤は、病んだ友人の頰《ほお》に涙がしずかに伝わってゆくのを眺《なが》めていた。やはり無理だったろうか、と彼は思った。しかしいつかは告げねばならないことであった。遅かれ早かれわかることなのだ。それに、こうしたショックに堪えられぬようなら、病院を出て生活するのはしょせん難かしいのではないか。

それにしても、がらんとした面会室に昔からの友人が声もなく涙を流しているのを見ていると、平生はふしぎなほど考えもしなかった日本の風景などが、つかのま佐藤の脳裡《のうり》にも浮んできた。日ましに戦死告知がふえてゆくドイツの新聞にも、日本の大本営発表はかなり大きくあつかわれている。それとBBC放送とを睨《にら》みあわせてみても、現在のソロモンの戦局がそのまま勝敗につながりそうなことが実感できた。日本の内地ではどうしているだろう。まだ一般のドイツ国民が考えていると同じく、おそらくはもっとのんきに、はるか海の彼方《かなた》の戦線の帰趨《きすう》がどんな意味をもつかということなど理解できないのではなかろうか。独ソ戦が始まってからずっと佐藤は日本からの便りを受けとっていない。しかし在留邦人の中にはひょっくりと思いだしたように潜水艦によってとどけられた郵便物を受けとる者もあり、その内容がそれを証明していた。少なくともヨーロッパ人はずっと戦争というものを知っている。国境を、民族を、征服することと征服されることとを知っている。その点日本はどうなるのであろう。万一負けたとしたら、我々はその事態に対処できるのであろうか。

「君」と、そのとき高島の声が聞えた。不幸な病んだ男は涙をこぼしたことを恥じるように、うつむいたままとぎれとぎれに言った。

「なんとか僕《ぼく》はやっていけるだろう。ただ今すぐは……。僕はもう少し、神経を太くしてから、退院させて貰《もら》うよ。そのときは、……君のところへ行く」

佐藤は黙ってうなずいて、まだ頰に涙の跡をつけたままうつむいている友人を痛ましそうに見つめた。

4

親衛隊の軍医が病院を訪れたとき、応接をハラスがやらねばならなかった。院長は官舎で床についたままだったからである。危険な時期はようやく通りこしたと思われたが、半身の不随はどの程度回復するか疑問であった。今となってはこの老人が背負うべき重荷をハラスたちが受持たねばならなかった。それでもハラスの気持のどこかには、やはりあのＳＳの命令を信じきれぬ気分がひそんでいた。結局は大したことはあるまい。不治患者という言葉はあまりに漠然《ばくぜん》としている。たとえどんな慢性の精神病者であれ、それが不治であるとは誰《だれ》も断言はできないのだ。少なくとも相手が医者である以上わかってくれる筈《はず》だ。それはどうしたって幾人かの患者が連れ去られるようになるかも知れない。しかしそのくらいは仕方のないことだ。むしろその方が本人のためかも知れないし、家族でさえ死を望む患者が幾人もいるのだ。

調査にきた医者は二人で、一人は真新しい制服がはちきれそうに肥満したヴェンデヴィッツ大尉《たいい》と名乗る大男だった。彼はのっけから無駄口《むだぐち》を叩《たた》いて笑いとばしてばかりいた。

「いやあ、あなたもいらしたわけですな、あの頃《ころ》」と、パリ占領当時の回想を長々としゃべった末に彼は言った。「なにしろ十二気筒のピアス・アローのリムジンを乗りまわしてたのですからな。こいつが何ともいかめしい奴《やつ》でね。風格がありますよ。そいつを乗りまわして、そら、あの何とか言いましたな、あの何とかマイヤアとかいう店の羊の腿肉《ももにく》を御存じかな。こいつがまた何とも……つまり上がこうこんがりしてましてな、そして次の脂肪ときたらそれこそとろけるばかりで、そいつをブルグント産のワインで……」

あの親愛なるラードブルフを戦争の初期に司令部つきで転戦させ、身の危険を味わわさずに分捕品のシャンパンをそそぎこませたらこんな男ができるだろうか、とフォン・ハラスは考えざるを得なかった。

「どういう理由で」と、ようやく機会を捕えて彼は尋ねた。「患者を移すことになったのでしょうか?」

「要するに全体の治療効果をあげるためです」相手は早口に言った。「医者も少ない、薬も少ない、そこに患者ばかりうじゃうじゃいる。処置しようのない患者はほかの癒《なお》り得る患者の障碍《しょうがい》になるばかりです。これを別個に収容する、それだけの話です」

「しかし我々は何とかやっていますが」

「これは命令です。我々は不治患者を選出する命令を受けている。これを何時《いつ》移動させるかは我々も知りません。それだけです」

ハラスは沈黙した。

もう一人のハーゲマンと名乗る中尉は陰気に見えた。するどく瘦《や》せて、ほとんど口をきかなかった。大男の大尉のほうは外科医だったが、こちらは精神科の専門医とのことで、ハラスは病棟《びょうとう》を案内しながらできるだけ口をきこうと努めたが、相手は応じてこなかった。その沈黙が急にハラスにいいようのない不安の念を起させた。一歩々々すすむたびに、扉《とびら》の鍵《かぎ》を開けるたびにそれは助長し、ヴェンデヴィッツの相変らぬ無駄口さえもが新しい疑惑をかもしだした。SSがどういうやり方をやるか、ハラスは決して知らないわけではなかった。横を歩いているヴェンデヴィッツの、やや灰色がかったブロンドの髪をやけに短く刈りこんだ髪型までが、なんとなく不吉な思いをもたらしてきた。

最後の病棟にさしかかったところで、肥満した軍医は快活に、はじめて意見らしいものを口にした。

「いや、大分つめこみすぎていますな。それにどの患者もみんな相当に古い。これじゃ適応者を選びだすより、不適応者を選んだ方が早いくらいですな、え？」

「しかし」と、ハラスは顔色を冷静に保とうと努めながら立止った。「彼らは不治とは言えませんよ、少なくとも……」

「じゃあ、一体こいつ等《ら》が癒りますか」ヴェンデヴィッツはにやりとした。ちょうどそこは独房《ツェレ》の前であった。旧式の精神病院の象徴ともいえる、鉄棒のはまった小窓だけを残した頑丈《がんじょう》な小さな牢屋《ろうや》であった。

鉄棒の間からはぎろりとにぶく光る目がのぞいていた。ちょうどそのとき、その患者はわめきだした。鉤《かぎ》のように曲った節くれた指が鉄棒をつかみ、丈夫な厚いドアをけたたましくけとばす音がした。

「ほうほう」と、ヴェンデヴィッツは上機嫌《じょうきげん》で喉《のど》を鳴らした。「こいつは勇ましい。といってこいつ等をボルシェヴィキに立ち向わせることはできん。え？」

「こういう急性のものは案外癒りやすいのです」ハラスは横目で神経科医の軍医のほうを窺《うかが》った。「緊張病《カタトニー》ですから」

「彼はいつ入院しました？」瘦せた軍医の方は口をきかず、顔をしかめて太った軍医の方が訊《き》きかえした。

「三カ月ほど前でしょう」

「三カ月？　なるほど、癒りやすいわけだ。そりゃああなた、私は専門医じゃない。しかしあのぐうたら共はどうです？」

大男の軍医は胸をはってうしろの病室を指さした。そこは今しがた通りすぎてきた大部屋で、すでに荒廃期に達した、自分一人では衣服も着かえられない患者たちが入れられていた。彼らはほとんど口をきかない。たとえ何かしゃべったとしてもその意味をくみとることは難かしかった。ベッドの上に坐《すわ》ったり、窓際《まどぎわ》に突ったったり、こわばったままの姿勢で日がな動こうともしないのだった。ときにその緊張がゆるんで、大まかな、底のない笑いがその顔を横ぎることはある。しかしすぐまた目をすえて、かたい、動かない仮面の奥にとじこもってしまう。

「絶対に癒らないとは言えないでしょうな、それは」気味わるいほど丁寧にヴェンデヴィッツが言った。「しかし我々はそんな蓋然性《がいぜんせい》を当てにするわけにはいきませんからな」

そのとき、むこうの独房の一つで、だしぬけに甲高い叫び声が湧《わ》きおこった。それはほとんど獣じみた咆哮《ほうこう》で、するどくRの音をまきあげ、がんがんと廊下に反響した。「ダンチッヒは昔ドイツの都市であった。今日でもそうである！　廻廊《かいろう》は昔も今も変りなくドイツのものである！」それから、ハイル！　ハイル！　と叫ぶ声や拍手が重なったが、それも同じ人間が独演しているのであった。「……今後爆弾には爆弾をもって報ゆるであろう！　毒ガスをもって戦う者にはまた毒ガスをもって応戦するであろう！　敵自ら人道的用兵に違反するならば我らもまた……」

さすがに大男の軍医もあっけにとられたらしかった。

「なんです、あれは？」

「総統です」と、ハラスが答えた。「本院には六名ほどの総統がおられます」

「こら、そこの医者」と、急にその総統はわめきたてた。「や、将校がいるな。早く余をここから出せ！　急げ！　こら、命令に従わんか！」

高島は窓から空を見あげた。どんよりとした曇り空がひろがっていたが、この冷えとした雲模様はただごとではなかった。あやしい薄暗い巨大なかげが地球全体におおいかぶさってくるようだった。庭の樹木の色にも生気がなく、黄ばんだ芝は永久に芽を吹かないものと思われた。むこうの病舎の前をぶらぶらと歩いている男たちは、何回か意味ありげに、ちらりとこちらをふりかえった。たしかに何事かが起りかけているのであった。

暁方《あけがた》、彼は巨大な都会の中にいたようだった。寺院の尖塔《せんとう》が靄《もや》ともつかぬ薄明の中に突きでていて、その白みがかった緑青色の塔の横に、太陽が白い輪郭だけの平盤になってぼんやりとかかっていた。それは彼のよく見る夢の一つで、北ドイツの陰鬱《いんうつ》な凍《い》てついた冬の光景なのだが、大抵はそのあと、冬の去ったあとの、なごやかな陽光に照らされた風景に移るのが常であった。しかしこの朝は、みずみずしい公園の若葉もモミの枝をしいた土から頭をもたげたクロッカスの蕾《つぼみ》も現れてこず、薄墨色の建物の群は次第に変形して、ぽっかりと口をあいた洞穴と変った。いかにも古い薄暗い、底の知れぬ洞穴で、薄闇《うすやみ》の中に大勢の男女がうごめいていた。それは人間とはいえず、毛がもじゃもじゃ生えた古代の人間で、いつしか彼自身も裸で毛が生えて、湿った岩床の上にうずくまっているのだった。そのくせ彼はむこうにたむろしている連中とは明らかに別種で、その仲間にはいっていけず、隅《すみ》の方に一人ぼっちで、彼らの行動をある疎遠感《そえんかん》をもって眺《なが》めていなければならなかった。彼らは火を起して獣の肉をあぶり、骨のついたまま齧《かじ》りついていた。みだらな笑いをみにくい顔一面に浮べている者もあった。反対にきびしい戒律に律せられた表情もあった。そのいずれもが、彼とはちがった性質のものであり、そのため彼はさらに洞穴の奥に後ずさらねばならなかった。そこは底の知れぬ暗黒が領していた。ひややかな水滴が岩肌《いわはだ》を伝い、かすかな音を立てて足元に滴《したた》るのが感じられた。……

彼が目ざめたとき、たしかに室内の様子が変っていた。八人の見知った患者がいる筈だったが、それはもう以前の彼らではなく、顔かたちこそ似ていたけれど、いつの間にかほかの正体のわからぬ人間に変ってしまっていた。横手のベッドにねている男が、口をうすく開けてぱくぱくと魚のように喘《あえ》いだ。空気はいがらっぽい毒気を含んでいるらしかった。

看護婦があらわれた。表情のない顔で、まっすぐ前を見つめ、水の上を歩くように音もなく部屋を横ぎり、向こうのドアから外に消えた。その歩きぶりにも、なにかの意味が隠されているようであった。それからしばらくして、朝食の時間がきた。食堂はいつもと同じようでいて、やはりごく微《かす》かな、あらゆるものに滲透《しんとう》した気味のわるい変化があった。たとえば豆のコーヒーはいつもよりにがく、焦《こ》げた味がした。幾人かの患者が顔をしかめ、前に坐った額の禿《は》げあがった男は指先をコーヒーにひたして机の上にしきりに一種の模様を書いていた。わかるか？　とそれは尋ねていた。わからない、と高島は胸の中で答えた。するとその言葉は波動となって空中を伝わり、相手の男はそれを理解したようだった。

食後、看護人がやってきて、高島を含めた十数名の患者は泥炭《でいたん》運びに連れだされた。古い病棟には中央煖房《だんぼう》がなかったので、それぞれの部屋に泥炭のブリケットを運ぶのである。戸外は寒く、雲が触れるほど低くたれ、かたわらの小男がぶつぶつと呟《つぶや》き、それはなにかの祈りらしく、その中で魔女《ヘクセ》という言葉だけが高島にはくみとれた。そこは病棟の裏手にある小さな礼拝堂の前であった。扉は閉ざされていたが、その辺りの空気があきらかにもやもやと流動しているのが感じられた。

「こっちの脇腹《わきばら》についてやがるんでね。今日は小さいからこうして歩けるんだよ」小男が看護人に言った。脇腹に魔女がついていて重くて困るというのである。

「神様のほうはどうだい」あざけるように看護人がいった。

「小さいね。とても小さいよ」

「そりゃあ困るじゃないか」

「うん、困る。とても困るよ」

みんなは倉庫の中にはいって、煉瓦《れんが》ほどの泥炭のブリケットをリヤカーに積みこんだ。二つ、つづけて二つのブリケットがころがって足元に落ちた。もう一度落ちたらきっと不吉なことが起るにちがいないのだが、それが何であるかは想像することもできなかった。高島は小男の表情から隠された秘密をよみとろうとした。しかし相手はだらりと手をさげて、ぶつぶつと呟くだけであった。

「困る。とても困るな」

病室にもどってから、高島はずっと窓際から離れなかった。そうしていると、空模様は刻々と陰鬱に、かつて見たこともないほど妖《あや》しい色合を呈し、空気はいたたまれぬ緊張にみちてきた。今にも何かが起るにちがいなかった。何が？　それはまだわからなかった。しかし確実になにかが起ることだけはわかっていた。

突然、扉があいて白衣をきた医者がはいってきた。医者だけではなく、黒い制服をきた男がまじっていた。高島はそのよく磨《みが》かれた長靴を見やった。それは冷酷といってよい光沢を放っていた。かたわらで囁《ささや》きかわす声が聞えた。

「ありゃアイスバイン勲章の略章だよ、あのSSの将校がつけてるのは」

「アイスバイン？　アイスバインが食いたくないですか？　妻はあれが得意でしてね」

SS？　なぜSSなんぞがここにいるのか？　ここは病院の筈ではないか。いや、はたして……

だしぬけに、恐怖がぬっと首をだし高島をひっつかんだ。今朝方からの漠然とした不安がいきなりどぎつい正体を現したような恐怖であった。そいつはなまなましく、べったりと、全身の皮膚に蛭《ひる》のように吸いついてきた。高島は走りだしていた。扉をぬけ、長い廊下を真直《まっすぐ》に走った。呼吸が苦しく、走りながら高島は防ぐように片手をふりまわした。窓があった。こぶしで硝子《ガラス》を叩いた。痛みはまったく感じなかったが、ぬるぬるしたものが指の間を流れだし、目をやると手一面が赤かった。彼は叫んだ。それは自分の声と思えないほどしわがれてひびき、彼は思わず血にまみれた手で顔面をおおった。

フォン・ハラスは官舎に寝ている院長のもとを辞すと、急速に疲労が全身をおおうのを感じた。とうに夜になっていた。灯火の遮蔽《しゃへい》された病舎は闇の中にくろぐろとつづき、なんだか人気のない廃墟《はいきょ》のようにも見えた。葉を落しつくした樹々《きぎ》が余計病棟のつらなりを寒々しく見せ、梢《こずえ》の辺りがぼやけているのは薄い霧がたちこめているためにちがいなかった。

もちろん院長には何も知らせはしなかった。またツェラーも何も尋ねることはできなかった。意識はほとんど回復しているようだったが、まだろくろく口をきくことができなかったのである。ハラスは血圧を測り、それを病人に告げた。相手はうなずいた。それから身動きのかなわぬ老人は、どもどもともつれた、極めて聞きとりにくい声で何事かを言おうとした。ハラスは何遍か問い返して、ようやくその意味を理解した。これは出血ではなく血栓《けっせん》かも知れないと、老院長はこんな場合にも自己の診断を述べようとしているのだった。注射をすませて退出しようとしたとき、また病人がまわらぬ舌を無理に動かそうとしていた。患者は、とそれは言ったようであった。

「いけません」と、ハラスは手で制した。

もごもごと、老人は何かをしゃべろうとして努力した。ひとしきり顔半分が歪《ゆが》んだ。

「いけません」ハラスはもう一度制した。そして付添の看護婦に目顔で合図し、そそくさと部屋を出た。

彼には半ば廃人と化した老院長が、なにか特殊な能力で事情を知りつくしているような気がしてならなかった。今日、ただ一つの病棟からあの軍医たちは二十名の患者を選出したのだった。病院側の医者がいくら異論を唱えても徒労にすぎなかった。

「なるほど、昂奮《こうふん》はないかも知れません。しかし全体の経過は荒廃にむかって進行、いや、すでに固まっている、動かない患者です。治療もずっとやっていないでしょう？　ちょっとカルテを拝借。そら、一年前のここで電気をかなりやっていて、結果は？　同じことですね。要するに単に収容しておくしか手段のない患者です」そう判定されれば仕方がなかった。不治である証明も困難な代り、その逆の証明はなおさら不可能なのだ。それにしても、この基準でゆくならば、病院全体からは一体どのくらいの患者がリストにのせられることになるのだろう。要するに簡単に考えすぎていたのだった。これはもう医学とは関係なかった。彼らは単に民族と戦闘に益のない人間をごっそりと連れ去ろうとしているのだ。しかし今は騒いでも無駄だ。前線ではこの瞬間にも何千という生命が失われているではないか、若々しい、健全な、純粋なドイツ民族の貴重な血が、というようなことをハラスは強《し》いて考えようとした。

ハラスの部屋には、まだみんなが残っていた。親衛隊の軍医が帰ったあと、この病院の医者たちはさんざん議論をしたのだったが、誰《だれ》もが抹殺《まっさつ》という言葉を思いきって口にできなかった。わかりきっていることなのだが、ラードブルフでさえその言葉を口にしなかった。そのため議論は肝腎《かんじん》の焦点があわず、まわりくどく、次第に抽象的な宙に浮いたものに傾いていった。ハラスがはいっていったとき、皆は話し疲れて虚脱したような顔で、さめた大麦のコーヒーをまずそうに飲んでいた。論議することはいくらでもあった。そしてまた事実上はどうすることもできないことを誰もがあまりにも明確に承知しているのだった。

「じゃあとにかく、このことが外部に洩《も》れないように、それだけ」と、ハラスは最後に言った。「今夜の宿直は君だったね。なんなら代ってもいい、僕《ぼく》はどうせ残るから」

そのとき院内電話のベルが鳴った。そばにいたヴァイゼが受話器をとりあげ耳にあててから、ケルセンブロックに手渡した。

「え？　うん、日本人が、やっぱり？」と、ケルセンブロックは眉《まゆ》をひそめ、ちょっと考えこむ顔つきをした。「仕方ないな。独房に入れたまえ。空いているのがない？うん、それでいい。一緒でかまわない」もう一度眉をひそめ、彼は受話器をおいた。

それをきっかけに、みんなは立上った。

「ドクター・ラードブルフ」と、ハラスが皆の気をひきたたせるように太った同僚に呼びかけた。「今夜は君の演説が聞けなくて残念だった」

「そんなことはないですよ、ヒック」と、ラードブルフはしゃっくりをした。常々の言論にも似ず彼は妙に考えこんでしまっていたが、結構彼もヴァイゼに劣らぬ衝撃を受けていたのだった。しかし今は、少し前からふいに起りはじめたしゃっくりがどうしてもとまらないのに腹を立てていた。彼は勇ましくしゃべりだした。「なにしろこのいまいましいしゃっくりが、ヒック。いや実際、患者の選出については僕も意外の念を起したことを白状する。しかし今じゃそれを責めている。患者を、ヒック、なるほどこりゃあ医学の目的じゃない。しかし本当にそうだろうか？　案外真の目的を果し得る機会ではなかろうか？　俺《おれ》たちのセンチメンタリズムが尻込《しりご》みしていた明確な救済の道をだ。残酷かね、ヒック、野蛮かね、よろしい。だが歴史を思いだしてもらいたい。偉大な、と名づけるべき事柄《ことがら》はすべて残酷な手段によってのみ達成されてきはしなかったろうか？　それは力だ。善悪を超越した新しい力だ。野蛮などでも何とでも呼ぶがよい。大体文明人とか称する奴輩《やから》は常に野蛮人によって征服されてきた。初期のギリシャ人はクレタ島の住民よりもっと野蛮だった。初期のローマ人はエトルスク人より更に野蛮だった。そしてその野蛮人たちはその後どうなった？　彼らは何をもたらした？　われわれは近視眼的な視野をもってはならない。ヒック、ええ糞《くそ》、いいかね、こうした野蛮かつ天才的な理想こそドイツ人が持ち得るものだ。持たねばならぬものだ。理想、我らはこう叫ぶ、こいつは両刃《もろは》の剣、血を吸いたがる鋼《はがね》なのだ。あのアッシリヤ王以来、理想はいつだって絞首刑吏の役を果してきたし、またそれだけの犠牲を要求し得る資格を持つのだ。我らは莞爾《かんじ》として堪えることを学ぶ。そうだ、われわれの国民学校の教科書が何のためにジンギスカンに一章をさいている？　あれは羊の腸を食いながら千八百万の大虐殺《だいぎゃくさつ》を行った男だ。ヘラトの町だけでヒック、二百万だ。いいかね、二百万、二百万、二百万だ。彼の馬の通ったあとは草一本だって生えていなかった……」

このラードブルフの獅子吼《ししく》の最中、急にヴァイゼが身体《からだ》を折って笑いだした。あまりそれは唐突であり、一見泣きだしたのではないかと思われた。しかし彼女は芯《しん》から可笑《おか》しげに、ややヒステリックに笑いつづけ、それに釣《つ》られて他の者も笑いだした。

「そのとおりです、僕は老人です」

先輩の医師から老ゼッツラーとからかわれて、エルンスト・ゼッツラーはにこりともせず、じっと机の上を見つめながらなおも話をやめなかった。みんなが帰ったあと、彼だけがハラスの部屋に残っていたのだった。常々ろくに口もきかないこの若者が、こんなふうに雄弁にしゃべるのをハラスは聞いたことがなかった。「僕には少年時代はありました。それからいきなり老人です。それ以外何もなかった」

こうした感情におされた告白めいた長話を、ハラスは実のところ聞きたくはなかった。が、今となっては彼には聞いてやる義務があった。

「少年時代、これだけは僕にとっていま思っても素晴しい時間だった。しかし、それもどうやら錯覚かも知れません。でも、あの頃《ころ》は幸福だった。心が燃えていたのです。僕らはみんなそうでした、ヒトラー・ユーゲントの仲間は。いくつかの文句が僕には神聖だった。徒歩旅行、キャンプ・ファイヤー、みんな麻薬みたいなものでした。そのための肉とラードを母から貰《もら》うためには僕は何だってしました。僕はユーゲントの世界観に浸っていましたから、堅信礼準備の授業を受けたのも、単に母を悲しませたくなかった、それだけだったのです。僕には疑惑なんぞなかった。はじめて僕が疑惑をもったのはロシヤのおかげです。あの馬鹿《ばか》でかい土地を何日も何日も貨車にゆられて……いや、榴弾《りゅうだん》と敵の戦車のおかげかも知れません。あれだけの砲撃をあびるまでは、ドイツ軍は僕の期待を裏切らない軍隊だった。それから急転直下、すべてががらりと変ったのです。むかし美しかった文句はもう僕には何でもなくなった。……ヘル・ドクター、あなたは総統を信じていますね？」

「信じている」と、疲れた表情でハラスは答えた。

「僕もそうでした」と、片腕とひきかえに第二級鉄十字章をうけている青年はつづけた。「ロシヤで一時医学部の友達と一緒だったことがありました。僕とは全く違った考えをもった奴《やつ》でした。少なくとも彼には神があったのです。僕らはよく話しあった。しかし僕はどうしても彼に賛成できなかった。さんざん幻滅を味わいつくしたあとだったけれど、それでも僕には総統が過失を犯すとは信じられなかったのです。その友人は戦線でも勇敢だったけれど、帰国してからはもっと勇敢でした。ミュンヘンの大逆事件を覚えていますね。あのとき処刑になった一人が彼なのです。僕は彼の遺品を、カルボヴァネツという妙な単位の軍票をもっています。それから彼らのまいたビラも。これを隠しておくのは今までずいぶん僕の心をとがめたのですが……」

「なんのために」と、ハラスはゆっくりと相手の言葉をさえぎった。「君はそんな話をするのだね?」

「あなたが今は責任者だからです。院長《シェフ》が病気になったのは神の恩寵《おんちょう》かも知れません。たとえ一人でも患者を連れ去られるのを彼に見せたとしたら……」

「いいかね、君。僕はいったん該当した患者を差出すことを拒否したりしないよ。その点で僕に期待しているなら間違いだ。僕を買いかぶって欲しくない」

「わかっています」と、青年は陰気に微笑した。「そんなことは無駄《むだ》なことです。僕はいくらかは知っているんですよ。シュヴェービシュ・ハルじゃ頑張《がんば》った医者がいたそうです。それなら、私の屍体《したい》を乗りこえてしてもらいたい、とね。一番無益なやり方です。ただでさえ足りない医者をもっと足りなくするだけですから」

ゼッツラーはちょっと沈黙して、指先で手袋をした義手をいじった。

「この病院のことは諦《あきら》めています。SSのやり方は僕だって知っていますからね。しかしこの戦争はもうやめなくちゃいけません」

「君の言うことはわかるよ。しかし僕は国防軍を……。いいかね、あれは決して君の思っているような軍隊じゃない」

「じゃあナチスは？」

「もうやめよう」と、ハラスは首をふった。「ただ僕は総統を信じている。そしてドイツは勝たなくちゃならない」

「やめましょう」と、ゼッツラーも言った。「僕は少ししゃべりすぎたようですね」

「もうしゃべらない方がいい」と、生真面目《きまじめ》にきっぱりとハラスは言った。「はっきり言って、今度のことはどうしようもないことだ。僕らがやらなくちゃならないことは、あとに残った患者たちを不治患者とやらにしないことだよ」

ハラスはこの平凡なことを——それがおそらく最も勇気のいることだったが——なんとかやりとげるつもりであった。だが切迫した戦線はそれさえも許してくれなかったのだ。数日後、彼の手元には非戦闘要員解除の通知がきて、それからほどなく、ヴァルター・フォン・ハラスはこの病院を去って行かねばならなかった。

5

高島は目を覚ました。彼は独房の隅《すみ》に、ごわごわしたマットの上に、破れた毛布にくるまって横になっているのだった。薄明りがこの穴蔵のような室内にながれていたが、それは壁の上方にとりつけられた小さな電球のせいで、それも丈夫な金網でおおわれていた。四方の壁は冷く、傾きながらのしかかってくるように重苦しかった。黒ずんだ頑丈《がんじょう》なドアに四角くあいている覗《のぞ》き窓から、廊下の明りが見えた。しかし物音は聞えなかった。完全にしんとして、自分の脳髄をながれている血液の音まで聞えそうな気がした。

高島はおそるおそる首をまわして、扉《とびら》と反対側の壁際《かべぎわ》を見た。そいつはやはりそこにいた。マットの上に膝《ひざ》をかかえてうずくまっているのだった。目は閉じていたが、眠っているのかどうか疑わしかった。骨ばった顔の半ばを穢《きたな》い髯《ひげ》がおおっており、皮膚はミイラを見るのと変りがなかった。この男が動くのを高島は見たことがなかったし、もとより話すのを聞いたこともなかった。呼吸だけはしているようだったが、食事もとらず、アルミの皿《さら》に入れられて目の前におかれるシチューはいつまでもそのまになっていた。高島は何回もそれを奪っていた。隙《すき》をうかがってひったくり、がつがつと食べた。しかし相手は石のようにうずくまったまま微動だもしなかったから、隙を窺《うかが》うも何もないのだった。ときに紺色の服を着た男がはいってきて、その男の口に管をさしこみ、スープみたいなものを流しこんでいた。

それでも高島にはやはりこの男が怖《おそ》ろしかった。そいつは異国人で、骨ばった手の甲までふさふさと毛がおおっていた。昼間はうすく目を見開いているその男、うす青い瞳孔《どうこう》は作りもののように不気味で、なにを考えているのかわからないその男、高島はその正体のわからぬ男ともう何日も暮していた。それにここが一体どういう場所なのかもまだ判然としなかった。高島は自分の手を眺《なが》めた。繃帯《ほうたい》でぐるぐる巻いてあり、血が黒くにじんでいた。逮捕されるとき彼はずいぶんと暴れたらしかった。目ざめてみるとここに寝ており、やつれて不気味な同室者がいた。それから日が経《た》って、昼間高島は、狭い室内をぐるぐると歩きまわり、そういうときにはその男は単に丸まったボロ切れくらいにしか思えず、しかし夜目ざめるたびに、そいつは確かに人間で、正体が知れず、野獣よりももっと気味がわるかった。

こいつは夜も寝ないのだった。なんのために？　何かを警戒しているのだろうか。俺《おれ》のことを一体意識しているのだろうか？　高島は思いきってそばに近寄ってみた。身体《からだ》にさわった。反応はない。急にいらだたしい不安がこみあげてきて、高島は相手の腕をつかみ、前後にゆすぶった。その腕はまるで死固のきたように硬くこわばっており、動かすのに骨が折れた。と、男の閉ざされた瞼《まぶた》がひくついて、どんよりした白眼《しろめ》とうす青い瞳孔が現れた。それきりだった。目を開いたものの、果してこちらを見ているのかどうか疑わしかった。

突然、殺した方がいい、と何者かが命じた。誰《だれ》が命ずるのかはわからなかったが、とにかくそれは外界からの抵抗を許さぬ声であった。そして高島はなんの感動もなくその声に従った。いや、彼の手足が自動的に動くのだった。高島は自分の足が少しずつ動き、男のすぐ前まで自分の身体を運ぶのを感じた。自分の腕がのび、しばらくためらい、男の喉《のど》をさわり、そこを両手でしめつけるのを見た。掌《てのひら》には最初ひややかな感触がきた。それから、その喉元の筋や軟骨が圧力を加えるに従ってぐりぐりと動き、その皮膚や肉がいくらかの体温をもって掌の下で反応するのがわかった。そのくせ相手はやはり動かず、喉の奥でおしつぶされたような音を立てたきりだった。もっとしめろ、と何者かが命じ、高島はそれに従った。また喉の奥がぐっと鳴った。相手はもがかなかった。自由な腕をあげて高島の指をはらいのけようともしなかった。鼻孔がひろがり、口が半ば開いて歯ぐきが現れた。高島の掌の中で筋肉だけが痙攣《けいれん》していた。高島は指をはなした。

男の喉はひくつき、次第に呼吸が回復してゆくらしかった。高島は自分も荒い呼吸をしながら、そのさまを見つめていた。突然、その瞬間に、高島にはすべてが理解できた。自分は完全に狂っており、罪のない男をしめ殺そうとしていたのだった。ここはやはり病院の中で、目の前にいる男も単に患者の一人なのにちがいなかった。なんという泥沼《どろぬま》に自分は落込んでしまったことか。なんという妄想《もうそう》が自分をしばっていたことか。いま、この瞬間、彼はほとんど正気であり、それだけ怖ろしく、堪えがたかった。ここが秘密の収容所であり、この男が正体を隠した監視者であったほうがどれだけ楽か知れなかった。さきほどまで感じなくて済んでいたこと、あらゆる不幸、あらゆる悩みが今は目まぐるしく迫ってきた。高島は頭をかかえ、ついでマットの上に倒れてむせび泣いた。アンナ、彼女のことを彼は忘れていたのだった。信じられぬことだったが、この狭苦しい部屋に入れられてから、彼女のことを考えたことがなかった。おそらくは彼女のことを考えずにすますために、もっと別の恐怖が彼を支配したのではなかったか。

いくつかの追憶が立ちのぼってきた。あのはじめての晩、ちょうど階段の途中で行きあったとき、彼女がなぜか仰向《あおむ》いて笑いつづけたこと、その喉元の筋肉が美しくうごいたこと、彼女の早口の言葉が聞きとれずに何回か問い返したこと、そのうちに時間で切れる階段の電灯が消えてしまい二人で慌《あわ》ててスイッチを探したこと、指先がふれあい、それがまるで男の手のようにごつごつしていて……。それから彼女の腕が思いだされた。むっちりした、やや毛深い、なにかにつけ鞭《むち》のようにからみついてきたその腕。毎朝の目ざめにも、彼女の父が連れ去られた夜にも、あらゆるとき、抑制なく執念じみた力をこめてからみついてきたその腕。それは高島の知らぬもの、別の大陸の力にちがいなかった。それが激しく未知で、なじめないものであったからこそ、彼はあれだけ彼女に惹《ひ》きつけられたのだろうか。いやいや、彼女と営んだ生活こそ愛と呼ばるべきなにものかの筈《はず》であった。愛、この短く単純なたったひとつの言葉に高島はしがみつきたかった。それが実体のある手ざわりのあるものであって欲しかった。しかし、目に浮んでくるものは、彼女のむきだしになった肉体の映像だけであった。そしてそれは見るまに、解剖台の上の実習屍体《したい》のように固くこわばっていった。あからさまに醜悪に、表面の皮膚だけはなおなまなましい光沢を有していたが、やがて腐敗してゆく有機物のかたまりにすぎなくなった。高島は頭をふり、その映像をおしのけた。

高島はあらためて、むこうのマットの上に造りつけみたいにうずくまっている男を見やった。男は呼吸をしていた。さきほど喉にからまった痰《たん》がまだそのままになっていて、息をするたびに隙間風が洩《も》れるような音を立てた。黒褐色《こくかっしょく》の、ほとんど黒い頭髪がよじれて額にかぶさっていた。

ふと、高島は口をうごかした。

「あなたはユダヤかね?」

男はもとより動かなかった。唇《くちびる》はびくりともしなかった。そのくせ高島は、低い声がどこからともなく答えたのを聞いたように思った。「そうだ、この男はユダヤ人だ」声の出所はわからなかった。それが敵なのか味方なのかも不明であった。

「あなた、もう寝たほうがいいよ」と、高島はしばらくして目の前の男に言った。

彼は男のごつごつした肩をささえ、マットの上に寝せてやろうとした。男の下半身は濡《ぬ》れており、生暖かかった。尿をたらしてしまっているのだ。高島は腕に力を入れ、男はやっと石像みたいにごろりと横になった。毛布をかけてやりながら、高島は急に相手に根強い親しみを感じだした。失禁した尿の人肌《ひとはだ》にちかいほの暖かさ、妙になまぐさいその臭気が、そうした親しみをひきおこしたようであった。

ケルセンブロックは、脳の薄片——ゲフリールで切った二十五ミクロンほどのぴらぴらした薄い膜ととりくんでいた。彼のほそい目は充血し、身体は疲労のためこわばっていたが、指はその主人の欲《ほっ》することを熟知していた。ピンセットの先が薄片をつまみ、試薬につけ、さっと水洗をし、ついで又つぎの試薬につけた。すると白っぽい半透明の切片の上に銀が還元されて黒く浮きでてきた。更に塩化金につけるとそれは紫色になった。ケルセンブロックはこの単純な色彩の変化が好きであった。この年齢になって、専門のこうした標本をつくるときでも、ずっと子供のころ手品の薬品を悪戯《いたずら》しているような気分に襲われることがあった。しかし今、彼は別なことを考えていた。指先に神経を集中していても、頭のどこかにしこりが残り、それをすっかり払いのけることができなかった。

あとはハイポに十分間つけて定着させればそれでよいのだった。ケルセンブロックはほっとため息をついた。この染色法を、――各種の試薬にとおして水洗する決まりきった仕種《しぐさ》を、ケルセンブロックはここ半月の間にどのくらい繰返したことだろうか。そしてようやく数日前にほぼ満足できる成果をあげることができたのだ。膠質《こうしつ》細胞は見事に染まっていた。顕微鏡の視野の中で、マクログリアが肥大し突起が長く大きくなっているのを彼ははっきりと認めることができた。ミクログリアは非常に殖えて多くは桿状《かんじょう》に変化していた。なによりオリゴデンドログリアは――だが果してそれは本当にオリゴなのだろうか。今までオリゴには突起がないと言われていた。しかし彼のこしらえた標本のそれには立派に突起があった。もしそれがオリゴなら。いやいや、それはオリゴ以外の何物でもあろう筈がなかった。今までオリゴの綺麗《きれい》な標本など誰もつくることができなかったのだ。今までの報告が間違っていたのだ。彼が、このケルセンブロックが、今ようやくその正体をはっきりとこの目で見た最初の男なのだ。

こう考えるとき、さすがにケルセンブロックの胸に、少なからぬ満足と自負とが湧《わ》きあがってきた。自分一人の、隔絶された、ひややかな感動である。しかしなぜか彼はそれに身をまかせることができなかった。

ケルセンブロックは、はっとして時計を見やった。十分が過ぎようとしていた。否《いや》応《おう》なしに彼の手はふたたび動きだした。アルコールにつけて脱水、それからバルサムで封じて標本はできあがった。およそ二十分ほど、彼は細心の注意をこめて数枚の標本を検鏡した。結果はあまり芳《かんば》しくなかった。しかしがっかりするには当らないことだ。この仕事は何よりも根気であった。染色のテクニックを自分のものにした以上、あとは切って染めて顕微鏡をのぞくことを数限りなくくりかえすことが成果につながる筈であった。

だがケルセンブロックは、検鏡し終ったプレパラートを前に、しばらくぼんやりと坐《すわ》っていた。この狭い研究室にいるとき、彼はいつだって自分がどっしりと腰を落着け得る安住感にひたることができたのだ。しかし今はそれがなかった。隙間風のように、かすかないらだちがつきまとっていた。彼は標本をとりあげ、丁寧に箱の中に収めた。そこにはこれまでの成果である数十枚のプレパラートが、冷い硝子《ガラス》の断面を見せて並んでいた。彼は胸をはって誇ってもよい筈だった。そのくせ、やはりその標本は空《むな》しかった。単なるスライドグラスの集積にすぎなかった。

そうだった。リストにのせられた患者たちのことがどうしても彼の念頭から去らないのだった。ケルセンブロックと患者との関係は、彼の研究同様、彼一人きりの、偏《かたよ》った、しかし根深いものであった。一部の精神科医にありがちなように、彼もまた社会でよりも閉ざされた病室で暮すほうがふさわしい存在だったのかも知れない。生来の内閉性が彼に、一般の健全な人々よりも、歪《ゆが》んだ病者により親しみを起させた。といって、彼は病人のためを思い、彼等《かれら》に尽すこと自体に幸福を感ずるような医者でもなかった。彼の立場はもっとひややかで利己的なもので、そのくせ彼は患者たちに理由のわからぬ恩恵を感じてもいた。なにか罪深い気持を抱きながら、表面彼は機械的に診察し治療を行っていたのだ。病人と医者との間に結ばれる人間的なつながりは彼には重荷だった。治癒《ちゆ》しかかった人たち、或《あるい》は正常の感情が誇張されているだけの病人、そういう連中が彼を信頼したり助言を求めたりすると、それは彼の負担になった。結局彼はいきいきとした人間的な学問である精神病理学よりも、死んだ人間の脳を切って染めてのぞいてみる墓場掘りの仕事を選んだ。そうして学問の上では臨床から遠ざかり、毎日患者と接していても深く突っこむことをせず、義務的な治療を行っているうちに、精神病者たちは彼にとって、益々《ますます》神秘的な、窺い知ることのできぬ存在に見えてきたのだった。なるほど彼はある種の病人が死亡し、その変化を伴った脳髄を手に入れることができるときは正直のところ嬉《うれ》しかった。彼はそれを単なる物質として切りきざんだ。そのくせ生きている患者には、それが重症で古く、どうにもならない廃人であればあるほど、彼はほとんど敬虔《けいけん》な念をもって接していた。もちろん彼は医師としての権威をもって彼等を診断はしたが、心のどこかではむしろ侍僕《じぼく》として仕えているといっても過言ではなかった。

ケルセンブロックは今度の不治患者の件をはじめて聞いたときも、皆がこの問題を論議したときも、ひとことも意見らしい意見を述べはしなかった。その表情は冷静で、その灰色の目には何の感動らしいものも現さなかった。しかし彼の受けた衝撃は何者にもひけをとらぬほど大きく、表面に現れないだけに、ぶすぶすと燻《くすぶ》りつづけ、余韻をひき、奥にこもった。それは医師の義務観念でもなく、人道主義でもなく、ただケルセンブロックにとって病室の隅にうずくまる患者がかけがえのない貴重な存在だったからであった。彼等の運命が、まったく彼等と関《かかわ》りのない場所からの命令によって左右されるなどとは、神殿を土足で踏みにじるに等しかった。といって、その命令は――それが彼にとって別世界のものであればあるだけ、かえって巨大な絶対性をもってのしかかってきた。

もし院長が倒れなかったら、もしハラスが召集されなかったなら、ケルセンブロックの立場はもっと楽なものであったろう。しかし今では、年齢と経歴からいって、彼自身が残った医師の中心となるべきであった。だが、彼に何ができるというのか？傍観するより他《ほか》に方法があろうか？　それならば、せめて諦念《ていねん》して麻痺《まひ》し得ないものか。人間はどんな事態にも慣れ適応してゆく筈だ。時間が必要なだけなのだ。多忙さが自分を救ってくれるかも知れない、とケルセンブロックははじめそう思った。実際、院長代理としての事務上の書類、以前より多くの患者の診療が彼をとりまいていたのである。

しかし日が経つにつれて彼の苦悩は薄らぐどころかむしろ倍加し、その葛藤《かっとう》は深くなった。他の医師たちは働いていた。それぞれ方針は違っても、この土台のゆらいだ病院を守るためにカをそそいでいるように思われた。ヴァイゼは病棟《びょうとう》に入りびたりで、非常に屢々《しばしば》、彼女がまったく痴呆《ちほう》に陥った患者、不治患者のリストにのせられた女の傍《そば》につききりでいるのが見られた。ラードブルフはこのやり方に反対だった。彼に言わせれば、ヴァイゼは彼女の感傷から貴重な時間を無駄《むだ》にしているのであった。所詮《しょせん》見込みのない患者を相手にするより、もっと治療の必要のある患者に力をそそぐべきである。それが被害を——さすがにラードブルフも拳《こぶし》をふって大口を叩《たた》いたものの不治患者の大量安死術には道徳的逡巡《しゅんじゅん》を覚えるとも告白した——最小限度にとどめる唯一《ゆいいつ》の道である。こうしてラードブルフはほっておけば次第に動かなくなり症状が固定してしまいそうな患者に重点をおき、せっせと作業療法にかりだしていた。またゼッツラーはラードブルフの考えを支持し、協力しているように思われた。少なからず奇妙なことに、この若い寡黙《かもく》だった男が、近頃《ちかごろ》はむしろ快活になりラードブルフと無駄口を叩いて笑いあったりしていた。一度ヴァイゼが、このごろ大層元気がいいわねと尋ねたとき、彼はこんなふうに答えた。

「戦線が近づいてきたせいですよ、少しずつでもね」と、以前は滅多ににこりともしなかったゼッツラーは、多少冗談めかした口調でこう言った。「あなたは御存じないでしょうが、弾丸の下じゃあ人間は存外楽に呼吸できるんです。外界の嵐《あらし》って奴《やつ》は精神衛生にいいですからね。太平無事だと人間は自分自身と戦争しなくちゃならない。僕はロシヤの平原を貨物列車につめこまれて何日も運ばれたときほどぐっすり眠ったことはないくらいです。まるで進行麻痺《パラリーゼ》の多幸症みたいだった。だから僕はある種の患者たちは幸福だと思うんです。もっとも戦争は猫《ねこ》も杓子《しゃくし》もひっくるめて強制的に巨大な黐《とりもち》でくるんでしまう。自分の意志、責任、そんなものはありゃしません。その点患者たちの方が立派ですがね、誇大妄想の中で悦に入るのも追跡妄想の中でびくつくのも、彼ら自身の責任であり能力です。僕のは単なる反応で褒《ほ》めた話じゃありませんが、空襲警報のサイレンを聞いたり高射砲のひびくのを聞いたりすると、まあ一種の刺戟《しげき》療法になるんですよ。それに戦争のいい点は我々を宿命論者にしてくれることでしょうね。だから僕は、我々の素晴しいビールがあんなに水っぽくなっても別に文句をいう気にはなりませんよ」

ともあれ、その態度はさまざまであっても、誰もが過重な仕事をひきうけて行動しているのは確かなことであった。そしてケルセンブロックは、ただ自分一人が心の安定を欠き、徒《いたず》らに動揺をつづけているように思えてならなかった。もっとも年長である自分がやってきたことといえば？　結局病院を守ってゆく上になんの関係もない自分の研究に逃避するだけではなかったか。

ケルセンブロックは眉《まゆ》をしかめながら、のろのろと机の上の後片づけをすました。薬品に汚れた実験衣を病棟用の白衣に着かえると、これからどうするという確たる当てもなく、部屋を出た。午後の採光のわるい廊下の天井が、こんなとき彼には頭にのしかかってくるほど低く感じられてくるのだった。

ヴァイゼの部屋の前を通りかかると、診察中を意味する札がノブの横に出ていた。以前なら休息とか読書にすごす昼食後のこの時間をも、近ごろは彼女は患者と話をするために費しているのだ。

ケルセンブロックは一度行きすぎようとして足をとめ、しばらく躊躇《ちゅうちょ》し、引返してノックをした。

予想した通りであった。ヴァイゼは古い分裂病患者と膝《ひざ》をつきあわせていた。ケルセンブロックはその女患者を見知っていた。名前は覚えていないが、もう六、七年もこの病院に暮している古株だったからである。もう三十は過ぎているのだろうが、小《こ》柄《がら》で小娘を思わせる身体《からだ》つきをしている。彼女はこちらを見て可愛《かわい》らしく笑った。痴呆患者にはふぬけたゆるんだ表情が多いが、ときには逆に世俗の汚れを知らず、常人には見られない明るさと清らかさにあふれた表情の者がいる。彼女はその一人だった。日常の仕事は何ひとつできないくせに、その単純な笑いはさながら内部から放射してくる天上的な光のようであった。

お邪魔ですか、と彼が訊《き》こうとするより早く、ヴァイゼは勢いこんで椅子《いす》をすすめた。

「どうぞ、かまいませんから。あなたにも聞いて頂きたいのです。この人はしゃべりますよ。ちゃんと話をするのです！」

「話？　どんな？」相手の昂奮《こうふん》についてゆけず、ケルセンブロックは口ごもりながら言った。

「この人が何年口をきかなかったか御存じ？　あたしがここに来る前からひとことだってしゃべったことがないのですよ。三年、九三年です。それが一昨日から話すようになったのです。いいえ、グリムみたいに正確な言葉でですよ」

「ほう」と、ケルセンブロックは職業的な興味をひかれて相変らず微笑している女患者に目をやった。「で、どんなことを？」

「天国の話ですわ。この人には天国が見えますしその声が聞えるんです。まあ聞いてごらんなさい。自分がみじめになりますから」

ヴァイゼは話をつづけさせようとした。頑是《がんぜ》ない子供を母親があつかうように、優しく、根気よく、黙ってにこにこしている女をうながした。だが駄目であった。ヴァイゼの言葉は砂に水がしみこむように、天国の妄想《もうそう》の中で笑っている患者の微笑の中に吸いこまれてしまった。

「あなたがいるせいかも知れませんわ」そっとヴァイゼが囁《ささや》いた。「それとも幻聴を聞いてるのかも知れません。ときどきこんなふうに黙りこくってしまうのです」

ケルセンブロックは気をきかして、というより心のどこかでせかれるように席を立った。ドアのところで彼は尋ねた。

「一体あの女にどんな治療をしたのです？」

「治療？　私たちはなるたけ一緒にいるようにしたのです。それだけですわ」

ケルセンブロックは部屋を出た。病棟に通ずる廊下を歩きながら、奇妙な嫉妬《しっと》に似た気持が彼をしめつけた。ヴァイゼは電気やインシュリンで不可能だったことを、忍耐と誠実とであの患者に話をさせるところまでこぎつけたのだ。しかしそれが何になるというのか？　あの患者はうまくすると、誰《だれ》とでも意志を疎通《そつう》できるようになるかもしれない。それにしても彼女は相変らず架空の世界に住みつづけることをやめはしないだろう。身のまわりの始末もできず、掃除ひとつ手伝うこともできず、遠からずリストに加えられ、この病院から連れ去られることは確実であろう。彼女はあの患者を本気で治癒させようと思っているのだろうか。それともやはり心の底では諦《あきら》めながら、良心をやすめるためにのみ報いの少ない努力を続けているのではなかろうか。だが、そんなことよりもケルセンブロックには、さっきヴァイゼが患者が話をすると告げたあの表情、あの一つことに打ちこんだ晴れやかな表情が思いだされてならなかった。

ケルセンブロックはいつものように足早に病棟を見まわった。独房の並んでいる廊下に来かかったとき、ついてきた看護婦が訊いた。

「あの日本人はあのままで宜《よろ》しいのですか、先生？」

ケルセンブロックは思わずはっとした顔つきになった。そそくさと独房の一つに近寄り、覗《のぞ》き窓から窺《うかが》うと、薄暗い一隅《いちぐう》に、小柄な日本人が膝頭に頭をつけるようにしてうずくまっているのが見えた。その姿勢からして大体どれほど彼の症状が悪化しているかが推量できた。ケルセンブロックはいつかこの患者を独房に入れることを命じたが、ついとりまぎれてそのままになってしまっていたのだ。幾度も彼は自分にヒントを与えてくれた日本人のことを想《おも》いだし、そのことを話してやろうと考えていたものだ。そのくせ何時《いつ》ももっと緊急な用にまぎれて忘れてしまっていたのだ。

扉《とびら》を開けさせて患者に近寄っていったとき、自責の念がケルセンブロックを襲った。彼は言葉をかけ、時間をかけて返答を待った。が、小柄な日本人はついに口をかたく結んだきりであった。

「え、私ですよ。わかりますか、タカシマさん？」

同じことであった。ふと思いついてケルセンブロックは笑顔をつくった。

「それから貴方《あなた》に教わった染色法、あれは実にうまく行きました。ねえ、オリゴデンドログリアには尻尾《しっぽ》があるんですよ、尻尾が」

それでも日本人の閉ざされた顔にはかすかな動きさえ認められず、その口はぴくりとも動かなかった。

「ずっとああなのかね」と、諦めて廊下に出ながらケルセンブロックは尋ねた。

「ええ、ここのところ急にしゃべらなくなってしまって。どうもここを罪人のいる収容所と思っているらしいのです。ストッガーさんを移したのも、彼を殺すためだと思いこんでいるのです」

「ストッガー?」

「はじめ独房が空いてなくて一緒に入れておきました」

ああそうだったな、とケルセンブロックは思いだした。それにしてもその日本人の妄想が、事実上では当っていることが彼には変に気がかりであった。ストッガーは不治患者に指定された一人なのだ。そんなことを知らぬ看護婦は含み笑いをしながら言った。

「つまり、ストッガーさんのことをユダヤ人だと信じてるんです」

「なるほど」

ケルセンブロックには高島の妄想の系列がある程度理解できるような気がした。あの日本人には妄想が必要なのだ、と彼は思った。あの男の立場からして、事態を直視するよりも妄想の中に呼吸する方がまだしも楽だといえるわけだ。

「彼を三号室に移そう」病棟のはずれまで来たときケルセンブロックは命じた。「あそこにはベッドが空いていたね」

「はい、先生」

「そして明日からインシュリンをやろう。治療簿に書きこんでおいてくれ」

「タカシマさんにですか」と、看護婦は問い返した。「でもインシュリンを始めた患者がここのところ五人いますから……」

そうだった。インシュリンは極度に品不足で、特に重点的に使うようにと医者たちで申しあわせたばかりなのだ。無計画に治療を始めると、途中で薬品が足りなくなるかも知れなかった。ケルセンブロックは眉をしかめた。本当のところ、感情的にも彼はこの日本人をなんとか癒《なお》してやりたかった。が、彼は言った。

「それなら、しばらく見合せよう。部屋だけ移しておくように」

そのまま彼は鍵《かぎ》をあけて鉄の扉から出て行った。

曇天の多い陰鬱《いんうつ》な初冬の空が朝から珍しく晴れあがっていた。しかし水色に澄みわたって一面に輝いているその空はかえって酷薄なものにも見えた。それは本格的な長い冬の到来を暗示していたし、やがてくる雪の前ぶれでもあった。よくこうした晴天の日の夕方には急に霧が湧《わ》きだして、葉を落しつくした木立の梢《こずえ》にからみついて流れるのだった。

少なくとも午前中は輝かしかった日ざしは昼をすぎるとたちまち淡くなり、病院の玄関前にとまっているバスや、その前に動いている人々の影を長く尾をひかせた。ケルセンブロックは玄関の柱の横に立ち、バスに乗せられている患者たちを一人はなれて見守っていた。ゆるんで捕えどころのない顔、にやにや笑いの一杯にひろがった顔、麻痺のためにむざんに歪《ゆが》んでしまっている顔などが彼の前を通りすぎた。多くは老人で、たどたどしい足つきをしていた。全く動こうともしない二、三人は看護人に両側から抱きかかえられて玄関を出てきた。狐《きつね》のような顔をした老婆《ろうば》は口をとんがらかし、涎《よだれ》をたらしながら、自由になろうとして懸命にもがいていた。「なにをするんだい、お前たち!」――そして彼女は唾《つば》と一緒にあまり聞いたことのない呪詛《じゅそ》の言葉を吐きちらかした。彼女が近づくと、バスの入口にいた体格のいい親衛隊員がたじたじと後ずさるのをケルセンブロックは見た。これが彼の気持をわずかでも晴れやかにした唯一の瞬間といえた。バスの窓には遮蔽《しゃへい》の幕がおりていて、患者たちがいったん乗りこんでしまうとそれきり姿を見ることはできなかった。

ふとケルセンブロックは、いつの間にか自分のわきにヴァイゼが立っているのに気がついた。彼女は男のように腕をくみ、じっとバスの方角を見つめながら何か小声で呟《つぶや》いていた。とぎれとぎれではっきりと聞きとれるものではなかったが、やがてケルセンブロックにはそれが彼のよく知っている文句であることがわかってきた。

「ここに我身をめぐらして日の下に行わるるもろもろの虐《しいた》げを視《み》たり、ああ虐げらる者の涙ながる、これを慰むる者あらざるなり、また虐ぐる者の手には権力《ちから》あり、彼《かれ》等《ら》はこれを慰むる者あらざるなり……」

もう出発であった。エンジンがかかって大きな車体が動きだすと、すぐに乱暴にギアを入れ変える音が聞えた。ケルセンブロックは目をそらした。

その日の夕刻、ケルセンブロックは一人自分の研究室に坐《すわ》っていた。一見放心したように坐っていた。彼の前におかれた硝子《ガラス》の容器にはフォルマリンにつけられた脳髄がはいっていた。いくつかに裁断された脳髄は、表面が寒天をかぶせたようににぶく光り、腐ったチーズの塊りのようにも見えた。これはいつだったか死んだメークムのものであった。これがあの気の毒な老人をあやつり、謹厳な看護長をも吹きださせるような荒唐無稽《こうとうむけい》の妄想をつくりだしていたのだ。今は単なる物質となって、フォルマリンの中にごろんと横たわっている材料にすぎなかったが。

しかしケルセンブロックにとっても、やはりそれは幻想を誘うなにものかであった。

いや脳髄そのものが一つの幻想であった。それについての人間の知識は、古代の地図よりもなお大まかで不確かなのだ。なるほどドイツ精神医学は偉大であり、殊《こと》にそのドイツ精神医学という言葉が四十年も臨床に捧《ささ》げてきた老ツェラーのような精神科医の口から洩《も》れるとき――この老院長はその後も半身不随のまま寝たきりの生活をつづけているのだが、つい昨日も見舞にきたヴァイゼに向って前後の脈絡もなく唐突に、もつれた舌でこんなことを言ったそうだ、「これで、ドイツ精神医学も、終りだね」――それは無数の症例を幾人かの巨匠の手で積みあげた巨大なピラミッドのごとき尊厳さを有している筈《はず》であった。それでも尚《なお》、この緻密《ちみつ》な大系の裏側にはまったくの暗黒がつきまとっていた。狂気が悪魔の産物であった時代同様、その本質については何一つわかっていないといっても過言ではなかった。治療についてもその通りなのだ。たしかにブローム剤と坐浴《ざよく》よりしかなかった時代に比べ、電気衝撃にしろインシュリン療法にしろまさに革命的な武器にちがいないが、その作用起点、どうしてそれが効くかということになると臆測《おくそく》の程度をでていなかった。インシュリン注射によって昏《こん》睡《すい》におとしいれるのも、百ボルトの電撃を頭部に与えるのも、最初はずいぶんと思いきった冒険だったにちがいない。まだドイツでは行われてはいないが、何年か前ポルトガルのモニスが前頭葉白質を一部破壊すると症状がかなり軽快することを報告している。あれはどんなものだろうか？　前頭葉は未来の座と呼ばれ、意志や感情に関係する重要な場所だ。そこと間脳との連絡を断つということは理論的に納得できる。ほかに何かないだろうか？　あの患者たちは今までの治療では病勢を退けることができず、ついに荒廃と呼ばれる泥沼《どろぬま》にまで落ちこんでいってしまったのだ。ありきたりの療法では意味がない。それならば普通でない治療をやってみたらどうだ？　新しい方法が見つからなくても、今までの治療をもっとぎりぎりまで、生命を損ずる一歩前まででやってみたらどうだ？　成功の可能性がどんなに少なくとも、やるだけやってみたらどうだ？

ケルセンブロックはメークムの脳髄を前にしてじっと坐っていた。そうして長いこと坐っているうちに、彼の思考は次第に狭められて行った。もう動揺せず、むしろ素人《しろうと》っぽく単純に、反面盲信にちかいほど鞏固《きょうこ》なものになっていった。もともと彼がメークムの脳髄を机の上に持ち出したのは新しい切片を切りだすつもりだったからだ。今が標本にするのに一番いい時期であった。しかしケルセンブロックはやがて立上ると、その硝子の容器をとりあげ、背のびをして元あった棚《たな》の上にそっと戻《もど》した。

6

看護婦はその患者がもう二年ほど前から放置されていることを知っていた。入院したての頃《ころ》は昂奮《こうふん》がひどく、捕えられた野性の獣のように暴れて何かわからぬことを怒鳴りちらしていた。いろんな治療がほどこされた末、彼は大人しくなったものの、症状は慢性に経過してゆき、やがてしゃべらない、動かない、乾《ひ》からびた植物みたいな存在に化していった。無理に庭に出してやっても、同じ個所《かしょ》に同じ姿勢で突っ立っており、枯木が立っているのと同じであった。その枯木がよくよく見ると息をしており、ときにぴくりと目ばたきしたりするのを見るとかえってぞっとしたものだ。

なんだってこんな患者を今ごろ治療する気になったのだろう、と看護婦は胸の中でぶつぶついった。そこは病棟《びょうとう》のはずれにある電気治療室であった。彼女は看護人と一緒に患者の身体《からだ》を抱きかかえて台の上に横にした。患者の手足はかたくこわばり、木づくりの人形のようだった。もう何も考える力がないのか、仰《あお》向《む》けになったまま、自分のベッドにいるようにじっとしていた。最初のころは治療をするときは、けとばしたり嚙《か》みついたりするので幾人もで抑えねばならなかったのだが。

看護人は患者の口にガーゼを嚙ませようとして手こずっていた。こんなことしたって何にもなりゃしない、電気なんかもう何十回もかけているのに、と看護婦は思った。準備がすんだ。看護人は慣れた手つきで電気衝撃療法の器械にスイッチを入れながら医者の方を見た。こうした治療は本来は医者の役目なのだが、覚えれば簡単なことだったし、医者の手不足からここのところ殆《ほとん》ど彼の仕事になっていた。医者が頷《うなず》いたので、彼は導子を患者のこめかみにあて、ボタンを押した。たちまち、患者の身体は海老《えび》のようにそりかえってひきつり、手は虚空《こくう》を摑《つか》んだ。ついで激しい痙攣《けいれん》が全身をふるわせ、硬直した身体ががくがくと台にぶつかって音を立てた。

何回見てもいいものじゃないわ、と看護婦は思った。それはこれで良くなる人は良くなるけれど、この人の場合はただもう気の毒一方で、なんの益にもなりはしないのに。

そのとき、患者の頭の方に立ってじっと治療の様子を見守っていたケルセンブロックが声をかけた。「もう一回」

もう一回？　と彼女はいぶかった。なるほど昂奮の激しい患者につづけて電気ショックをかけることはある。しかしこんな静かな、生きているのか死んでいるのかも定《さだ》かでない患者にそんな強い治療をして大丈夫なのだろうか。

だが愚直一方の看護人は、なんの躊躇《ちゅうちょ》もなくすぐさま命令を実行した。まだ意識を回復しない患者のこめかみに百ボルトの電撃が与えられ、癲癇《てんかん》そっくりの痙攣が始まった。呼吸を回復したとき、患者は涎《よだれ》をはげしく吐きとばした。覗《のぞ》きこんでいた看護婦の頰《ほお》にもそれはとび、彼女は顔をしかめてハンカチでぬぐいながら、廊下においてある輸送車を運びこもうとした。

「もう一回」と、ケルセンブロックが言う声がした。彼女はびっくりして医者をふりかえった。

「もう一回ですか？」と、腕ばかり太い金壺眼《かなつぼまなこ》の看護人も問い返した。

「もう一回、つづけて」と、患者の脈をとりながら常々あまり親しめない医者は繰返した。

患者の顔色はまだ土色をしていた。涎が頤《おとがい》のあたりまで流れ、痰《たん》がからまるのか、喉《のど》の奥でごろごろとにぶい音がした。

看護人は目に見えぬくらい肩をすくめると、導子をもう一度食塩水にひたした。また先ほどと同じ経過が繰返され、看護婦は目をそむけた。視線を戻《もど》してみると、ぐったりとなった患者の上に医者がかがみこんでいるところであった。彼女はぴくぴくとふるえる患者の指や、まったく土色になったその顔や、濁ってむきだされた白眼《しろめ》を盗み見た。なかなか呼吸が回復しないようだった。ケルセンブロックは胸の辺りにのしかかるようにして人工呼吸をした。もう一度、それからもう一度。ようやくぜいぜい喉元をよぎる呼吸の音がしはじめたとき、彼女は我知らず自分も吐息をついた。患者は脳出血のあとのような深い呼吸と共に昏睡《こんすい》をつづけていた。
「運びますか」看護婦は言ったが、返事は得られなかった。ちょっと待って彼女は更に訊《き》いた。「運びますか、先生？」
身うごきもしないで患者を見つめていた医者は、ややためらい、それから自分に言いきかせるように口を開いた。
「いや、もう一回」

ほかの病棟でもドクター・ケルセンブロックの尋常でないやり方は奇異の目で見られざるを得なかった。

そこは元来がヴァイゼ女医の受持っている女患者の収容された大部屋であったが、他の医者が指示を出すのはそれほど異例のことではなかった。しかしもうどうしようもない患者達《たち》、家族からも医師からも諦《あきら》められてただ隔離されて生きている患者ばかりを選《よ》りも選って十名もインシュリン療法を開始するなどとは前代未聞《みもん》のことであった。ここしばらく薬品の不足からこの治療を見合していた、しかもぜひともこの治療を必要とする患者が他に幾人もいるというのに。

この治療には手がかかった。早朝に血糖を減ずる作用のある薬品インシュリンを筋肉内に注射する。一日毎《ごと》にその量をふやしてゆく。ある量に達すると患者は昏睡におちいるが、そのうえで葡萄糖液《ぶどうとうえき》を注射して覚醒《かくせい》させ、砂糖水を与え、さらに食事を与えてその日の治療は終る。昏睡にはいったときの判定がむずかしい。なるたけ深い昏睡が望ましいが、そうかといってあまり長く放置しておくと、遷延《せんえん》ショックといって、いくら葡萄糖液を注射しても覚醒しなくなることがある。従ってこの治療中は常に監視が必要だし、まだよく目の覚めぬ朦朧《もうろう》とした患者に砂糖水を飲ませるだけでも相当の手数がかかる。

「準昏睡《サブコーマ》にはいりました」と看護婦が報告してきた。

さきほどまではインシュリンの昂奮期で、患者はのたうちまわったり叫んだりしていたのだった。いま彼女はぐったりとなって鼾《いびき》をかいていた。ときどき紐《ひも》でしばられた手足の指だけがひくひくと動いた。瞼《まぶた》にさわってみても、もうほとんど反応がなかった。

「注射の用意をしますか?」と、看護婦が訊いた。はじめのうちは早目に注射するのが安全であった。ところが医者はこう言った。

「いや、このままあと一時間おこう」

「え、一時間ですか?」と、看護婦は意外だという感情を隠さなかった。彼女はこの病院にきて六年にもなるし、一般の治療のことに関しては医者と同じくらい知っているという自負を持っていた。

「そう、一時間だ」

ケルセンブロックの語調があまりきっぱりしたものだったので、看護婦は黙ってしまった。その代り彼女は、次には、ちょうどヴァイゼ女医が見まわってきて病棟の入口の小部屋でケルセンブロックと話しているときを狙《ねら》って、ふたたび報告にきた。

「グルンスキーさんはもう昏睡に入ってから三十分経《た》ちました。ずっと完全に反射もありません」

「あと三十分、そう言っておいた筈《はず》だ」と、ケルセンブロックは怒ったように言った。

「あとの人たちも一時間だ」

看護婦は黙ったまま立っていた。

「あと三十分だ」

「はい、先生」

看護婦はむっとした表情をした。そしてヴァイゼの方をちらと見て小部屋から出ていった。

「どういうわけです？　ドクター・ケルセンブロック」看護婦の姿が消えるのを待ち

かねたようにヴァイゼが言いだした。「そんなに時間をおいたら危険じゃないですか？」

彼女はもともと自分の受持の患者をほかの医者にいじくられることに乗気ではなかった。しかしケルセンブロックはなんといっても精神科医としてずっと先輩であるし、院長もハラスもいない今となっては、彼が治療方針の責任を持つことは当然のことといえた。だが、こんな乱暴な治療に対しては黙っていられなかった。

「遷延するかも知れませんわ」

相手はこう言った。

「遷延させるのです。はじめからそのつもりなのです」

「わざとですか？」ヴァイゼはいくらか気色ばんだ。

「むろん遷延は危険だが」ケルセンブロックは、女医の危惧《きく》といくらかの怒りにかたくなった頬骨のつきでた顔から目をそらした。「しかし、うまくいって半日とか一日で覚醒した場合、逆に偶然な幸運になることがある。つまり、普通じゃなかなか治癒《ちゆ》しなかった妄想《もうそう》などがきれいに消失してしまうことがある。そんな例を貴女《あなた》も知っているでしょう？」

「でも、それじゃあんまり危険です」

相手が黙っているので、彼女はもう一度言いかけた。

「でも、それじゃあ……」

するとケルセンブロックは目をあげて、若い女医の顔を真直《まっすぐ》に見た。彼女は、こんな冷い、無機物のような動きのない灰色の瞳《ひとみ》を見たことがなかった。こんな瞳をこの先輩の医者が持っていようとは思いがけないことであった。それは絶対に抵抗を許さぬものを含んでいた。ヴァイゼは唇《くちびる》をかみ、黙ってそこを出て行った。

だが、この試みがやはり無謀であったことをケルセンブロックはやがて胆に銘じなければならなかった。一人の患者が一度は目をひらいてから、ふたたびうつうつと眠りこもうとした。再度昏睡におちこむのは極めて危険な徴候である。彼女を目覚めさせようとして、ケルセンブロックは考えられるかぎりの手を打った。しかし彼女はごろごろした鼾をかきだしていた。はげしくケルセンブロックは患者の頰を叩《たた》いた。腕を叩いた。はだけた胸を叩いた。そのため彼女の肌《はだ》はあかく腫《は》れあがった。ケルセンブロックはもう一本葡萄糖を打とうと注射器をとりあげながら、ヴァイゼのきつい非難の目を背部に感じた。

その患者は死にはしなかった。次の日の夕刻、彼女はようやくどんよりとした目をひらき、「あ、あ、あ」と声をだして自分から食事をとった。この女はそれまで頑固《がんこ》な妄想に支配されてはいたものの、普通に話をしたり身づくろいをしたりすることはできたのであった。しかし深すぎた昏睡からさめてからの彼女は、ベッドの上に坐《すわ》ってあらぬ方を見つめたまま、口をきこうともしなかった。話しかけられても、辛うじて「あ、あ、あ」と呟《つぶや》くだけであった。果して妄想が消えたのかどうか尋ねるすべもなかった。妄想どころか、今は彼女はほとんど生ける屍《しかばね》と化してしまったのだから。一日じゅう坐ったきりで髪ひとつとかず、稀《まれ》に声をだしても、それは単に、「あ、あ、あ」という呻《うめ》きにすぎないのであった。

手術衣をつけマスクをかけた二人の医者は目だけでうなずきあって、手術台の上に横たわった患者の、そられてくりくりの頭部の皮膚に注射針を突きたてた。大量の局所麻酔薬が注入され、そこはみるみるおかしなふうに腫れあがってきた。すっかり毛をそられた頭部はそれだけでもいかがわしい印象を与えるものであった。まして今は不規則にふくれあがってでこぼこし、醜い、ほとんど不気味なものと化していった。

「メス」と、ラードブルフが言った。看護婦がそれを手渡した。

メスが入れられると、麻酔液と血とがまざりあって流れだし、そられてつるつるした坊主頭《ぼうずあたま》を伝わって滴《したた》った。ラードブルフは専門家でないにしてはなかなか手際《てぎわ》がよかった。この手術に彼をかつぎだすだけのことはあった。

頭蓋骨《ずがいこつ》が現れてきた。それは意外に白く光り、ケルセンブロックは常々死人の脳をとりだすことは慣れてはいたが、いま見る頭蓋骨はなんだかまったく別の未知のもののような気がしてならなかった。

ケルセンブロックは骨膜を剝《は》がすため白く覗いている頭蓋骨をメスの柄《え》でひっかいた。そのがりがりいう響きは必要以上にこの手術を危険なものに思わせ、手伝いの看護婦も眉《まゆ》をひそめて横手から医者の手つきを見守っていた。ケルセンブロックはドリルをとりあげ、先端を骨の上に当てるとハンドルをまわしだした。にぶい響きが伝わり、骨は大鋸屑《おがくず》のようにこまかい屑となってけずりとれてきた。患者が身うごきをした。麻酔が覚めかかっているらしい。空気は冷く、大体が病理解剖をやるこの穴蔵のような部屋はタイルばりの床からじかに寒気が伝わってきたが、彼の額にはもう汗が滲《にじ》んでいた。看護婦がそれをぬぐった。

「それじゃ駄目《だめ》だ」業《ごう》を煮やしたラードブルフが横から手を出した。ドリルを受取った彼は少なからぬ体重をそれにかけて、調子をつけてハンドルをまわした。まわしながらもこの太った医者は持前の陽気さを失わなかった。「ねえカール。君はおかしな正義感にかられたらしいな。大体顕微鏡屋の君がこんなことをおっぱじめたのはワイマールの宰相が戦車拳骨《パンツァーファウスト》を持って前線に出動したみたいなものだ。正義《ゲレヒト》より復讐《ゲレヒト》というところかね？　それとも、偉大なることは最も残酷な手段によってのみ達成されるという僕《ぼく》の持論に賛成したというわけかね？」

「ゆるく！」とケルセンブロックは言った。「そろそろ穴があく。もっとゆるく」

「君より僕はしっかり者だ。君より僕は有能な医者だ。やるべきことはやるし、癒《なお》し得る患者は癒す。理性に反することはやらん」

覗きこむと、わずかに脳膜が現われていた。脳実質を包む、ごく薄い、真珠色の光沢をはなつ緊張した膜で、小さく開いた穴をふさぐ処女膜のようにも見えた。

「さあ、どうだ、おれの手際は。脳外科医そこのけじゃないかね」ラードブルフは頰の肉をひくつかせた。「といって、ここから先はあまり自信がないね」

患者がまた身動きをはじめた。のみならず呻き声をもらした。ケルセンブロックはその静脈に麻酔剤を追加し、頭蓋に穴をあけられた男は静かになった。

「血圧」

「一二五」と看護婦が答えた。

ケルセンブロックはひんやりと冷いメスをとり、薄い膜にそっと当てた。すると横の方からじわじわと血が滲みだしてきて、それほど多量の出血ではないが、穴の底が隠れて見えなくなった。「ガーゼ」と彼は言った。目に見えないくらい細い血管を切ったらしい。その場所がよくわからず、「ガーゼ」と、もう一度ケルセンブロックは繰返した。

「僕がやろう」と、ラードブルフが身体《からだ》を寄せてきた。「君は横で指図したまえ。折角の新療法がそれじゃ鶏をしめ殺すようなものだ。君は指図だけしたまえ。え、プロフェサー・ケルセンブロック？」

なるほどラードブルフのほうが数等手際がよかった。彼は細長い脳室穿刺針《せんしばり》をそっと柔かなチーズのような脳に刺しこんだ。脳室までの距離を測るのである。脳室の附近には大切な中枢《ちゅうすう》がかたまっている。それよりずっと上方の白質の部分を切らねばならない。マンドリンを引くと、脳脊髄液《のうせきずいえき》がたらたらと滴ってきて、ラードブルフはちょっと息をとめ、ケルセンブロックと目で頷きあった。さすがにラードブルフはもう笑っていなかった。ごく静かに針を抜きとり、次にごく薄刃の剝離子《はくりし》を脳にさしこんだとき、そのたるんだ頰は逆に緊張のためにひくひくと動いた。彼は目にとまらぬほどわずかその先端をうごかした。

と、傍《かたわら》からじっと覗きこんでいたケルセンブロックの声がした。「もっと大きく。思いきって大きく」

「なんだって?」とラードブルフは顔を手術野から起した。「しょっぱなの患者を殺しちまう気か?」

それほど危険はない筈だが、なんといっても簡単な記載だけを頼りに、はじめて行う未経験な手術なのだ。ラードブルフは剝離子をそのままに位置させたままであった。

「皮質を傷つけるぜ、あまり動かすと」

「しかし、そのくらいの侵襲じゃ効果は期待できまい。思いきって大きく切ろう」

「自分でやれよ、カール」と、吐きだすようにラードブルフは言った。「僕は手をくだすのは御免だね」

ケルセンブロックは黙って位置を代った。剝離子を大きく、ぐっとまわした。

「血圧は?」思わずラードブルフは声をだした。

「一一八です」

ラードブルフは、大胆な切裁を終えたあと口もきかずかがみこんで手をうごかしている同僚に視線を返した。正直のところ、彼は頭蓋の内部にひそむ灰白色の塊りに対して、いささか原始的ともいえる畏怖《いふ》を感じていた。しかし彼よりももっと慎重であってよい筈のケルセンブロックは、一見無表情に脳膜を縫い、ついで頭蓋骨にあいた穴に、さきほどけずりとった骨の細片をつめはじめているところだった。それから表皮が縫合された。ラードブルフは横から手伝ったが、なんだか気おされたようにいつもの饒舌《じょうぜつ》がでてこなかった。——やがて、患者が頭じゅうをターバンのように繃帯《ほうたい》されて輸送車に移されたとき、ケルセンブロックが言った。「疲れたな」

「僕は疲れた。俺《おれ》のかよわい弁膜はきっと故障を起すにちがいない」と、ラードブルフはぶつぶつとむくれたような声をだした。「君は疲れはしないだろう。君は専門を代えたほうがよさそうだよ。ありゃあパラケルススの妖術《ようじゅつ》だ。これで患者が無事だったらそれこそメデアの魔法だ」

手術衣を脱がしていた看護婦もこの性《たち》のわるい冗談には苦笑をした。彼女はこの初めて経験する手術にさっきまで血圧を測りながらも、相当に自分の鼓動を意識していたのだった。しかしケルセンブロックはにこりともせずに言った。

「君、明日もう一人手伝ってくれないか」

「まだやるつもりか」

「第一病棟《びょうとう》の独房にはいっている二人はぜひやろうと思っているのだ」

人殺しの手伝いは御免だとラードブルフは言おうとした。しかし、いつぞや自分がさらに殺伐な演説をぶったのを思いだして、口まで出かかったその言葉をのみこんだ。

それにしても彼には、病理組織標本を検鏡することより能のない筈のこの同僚が、一体なにを考えているのかどうも理解することができなかった。廊下を並んで歩きながら、ラードブルフは半ば探るように意見を述べはじめた。

「いいかね、カール。君は間違った方法をとっているよ。不治の判定を下された患者は死ぬべきなのだ。それが偉大な全体のためなのだ。君は無駄骨折りをしている。むしろ君があの患者たちを実験材料にするつもりならまだしも賛成だ。それならまだ学問のためになる。ところが君は単なるセンチメンタリズムから一か八かの博打《ばくち》を打っているだけなのだ。もし真の科学者なら、むしろ戦争を学問に奉仕させるべきだ。また真のドイツ人なら、ヨーロッパを救うための犠牲を是認すべきだ。君はそのどちらにも忠実でない。真の勇者はそんな卑小な動機で事を運びやしない」

ラードブルフはいつもの癖で次第に演説調になっていったが、ケルセンブロックが果して聞いているのかどうかは疑わしかった。それほど彼は一種しらじらしい表情の中に閉じこもっていたのである。

7

ボロ切れのように丸まって、高島は壁際《かべぎわ》にうずくまっていた。その頰《ほお》はこけ、その目はにぶく光る二つの裂目にすぎなかった。一見彼はもはや思考能力もなく感動にも無縁の廃人としか思えなかった。しかし彼は彼なりに、その歪《ゆが》められた思念を追い、狭められ孤立したその世界に生きていたのである。

「アハト、ノイン、ツェーン……」単調に数をかぞえる声はつづき、目をすえたまま高島は自分も数をかぞえていた。その機械的な露ほども暖かみのない声は、すぐ前にあるベッドの上から聞えてくるのだった。それは禿鷹《はげたか》そっくりの老人で、その老人はベッドの一隅《いちぐう》に毛布を重ね、あるかぎりの自分の衣類を重ね、枕《まくら》を重ね、そのてっぺんに益々《ますます》禿鷹そっくりの恰好《かっこう》でとまっていた。一日に二、三度、なにかの拍子で、この人類とも思えない老人は、いかにもひからびた声帯を単に空気が吹きぬけてゆくといった声で、一から順々に数をかぞえはじめるのであった。休むことなく四、五十まで数えることもあったし、ふいに蟬《せみ》が鳴きやむようにその声はばったりととぎれることもあった。「フィアツェーン、フュンフツェーン、ゼヒツェーン……」目をすえたまま、高島は待っていた。なぜなら、老人が三十以上まで数えるとき、アンナは必ず無線で連絡してきたからである。それはいくらか鼻にかかったまぎれもない彼女の肉声で、ただ高島だけが確実に聞きとることができるのであった。「ノインツェーン、……ツヴァンツヒ、アインウントツヴァンツヒ……」しわがれた語尾が淀《よど》み、老人の声ははたとやんだ。目をすえたまま高島は待っていた。が、禿鷹そっくりの老人はあやうい恰好で毛布や衣類を積み重ねた小山の頂きにじっととまったきり、二度と唇《くちびる》を動かそうとしなかった。そして、再び老人が数を唱えだし、それが三十を越さないかぎり、アンナからの連絡は望み得なかった。

気落ちして、高島はうずくまっていた。さきほどまで緊張しきっていた彼の神経は、今は弛緩《しかん》しどんよりしたものの中へ沈んでいった。部屋の一隅からは、ぜいぜいと痰《たん》のからむような呻《うめ》き声がひびいていたが、そんな声を彼は聞いていないもののようであった。

そこでは毎日のように囚人たちが――と高島は信じていた――ベッドにゆわえつけられ、うめいたり身もだえたりしたのち、しまいに精も根も尽きはててぐったりしてしまうのだった。すると制服を着た看守らしい男が、なにやら太い注射をして、死んだようになった囚人を蘇《よみがえ》らせた。くる日もくる日もその拷問《ごうもん》はくりかえされ、汗まみれになった囚人は息もきれぎれに呻いた。

高島にわかっているのは、囚人たちがユダヤ人にちがいないということ、そしてユダヤ人を妻にしたことによって自分も捕われているということだけであった。或《ある》いはドイツと日本はすでに戦争状態にはいっているのかも知れなかった。高島の半ばしびれた頭脳――その中にどすぐろい回虫が喰《く》いこんでとぐろを巻いているように彼には思えた――で事態を判断するには、すべてがあまりに異様であり謎《なぞ》にみちていた。それでも高島は日によっては割合はっきりした脳髄の一部で、自分をここに閉じこめた何者かに抗弁をした。彼は口を少しも動かさなかったが、彼の思考はそのまま声となって、どこにいるとも知れない相手にとどいてゆくのだった。少なくとも高島はそう信じたのである。彼はけっこう理論だった言葉で彼等《かれら》のユダヤ人種に対する暴虐《ぼうぎゃく》を非難した。

すべては間違った伝説じゃないか、と彼は口を動かさずに言った。兇悪《きょうあく》な伝説にすぎないんだ。なぜなら人種学的にいえば、この大陸に住むユダヤ人たちはとうにそのような純粋な遺伝的意味をもってはいない筈《はず》だ。単に社会的、宗教的な意味を持つ集団にすぎないんだ。半ユダヤとか四分の一とか八分の一とか莫迦《ばか》げた血の論議をするのが間違いじゃないか。

だが、その集団についてお前はどれだけ知っているね？　と誰《だれ》ともわからぬ声が耳元で嘲《あざけ》った。その声はアンナの声と同様無電によるものかも知れなかったが、まるで新聞の論説やラジオの講演みたいに固いかめしい言葉で、どこからともなく高島の耳に響いてくるのだった。姿のない相手はつづけた。お前のいうその集団は一体何をしてきたのだ？　その謀略と狡智《こうち》がどのようにわが国を蝕《むしば》んできたか知っているか？

彼らは毒のある寄生虫だ。その血液の侵入が、わが民族の調和をどれほど腐敗させてきたか知っているか？　彼らは劣悪な霊の所有者なのだ。個人でも国家でも、二つの霊がその内部で闘わざるを得ないとき、その結果生ずるものはただ不安と分裂だけなのだ。

俺《おれ》は知らない、そんなことは何も知らない、と高島は唇を動かさずに叫んだ。俺には関係のないことだ。俺とアンナには関係のないことだ。

では教えてやろう、とその声が囁《ささや》いた。ユダヤは欧米のあらゆる国に喰いいった。その蛇《へび》の手先は次にはお前の国を狙《ねら》っているのだ。

いや違う、と別の声が言った。血が呼んだのだ。お前の祖先は何者か知っているか？　モーゼが一族を率いてカナンの地に復帰してから、ユダヤ民族は十二の支族にわかれた。その正系に属する種族はそのあと東方へ移動していったが、その行先は不明とされている。お前に教えてやろう。実は彼らこそお前の祖先、すなわち日本民族なのだ。

莫迦な！

もっとも重要なことをお前に教えてやろう、とまた別の声が言った。この地上で、嘗《かつ》て強力だったことがあるが、その後滅亡していった昔日《せきじつ》の民族は、決して経済や政治の破綻《はたん》によって死滅したものじゃあない。血液と人種そのものが凋落《ちょうらく》にむかうときに、民族は戦争の勝敗にかかわりなく滅びてゆくのだ。お前に教えてやる。その一つは数的の減少だ。もう一つは民族の内部における遺伝的価値の質的悪化だ。そして第三のものこそ、他の人種成分との混淆《こんこう》なのだ。古代の偉大な民族の滅亡した原因はなんだ？　彼らが人類の絶対平等を信じた迷妄《めいもう》からだ。雑人種には、純人種的な民族協同体に価値と強さを与える唯一《ゆいいつ》のものが欠如している。地中海岸における民族混乱の時代を考えてみたまえ。それらの民族がすべて雑然と触れあって無に帰していったということは厳然たる事実ではないか。

しかしそれが何だ？　と高島は前を見すえたまま言った。それが俺を捕えることと何の関《かかわ》りがあるのだ？

お前がアンナと結びついたのは、と一番先の声が言った。うしろめたい血液が相呼んだのだ。劣等意識がお前たちの愛情となったのだ。有色人種と寄生人種が、人間と猿《さる》の混血畸《き》形児《けいじ》を産みだそうと努めたがるのだ。

ばかな！　と高島は唇を動かさずに叫んだ。俺は真相を知っているぞ。君らの親玉がなぜアンナたちを理性を失うまでに憎むかを。あいつはどうして金髪長身の北方族の青年ばかりを身辺に集めるのだ？　それは一つの隠匿《いんとく》なのだ。自分の素姓を恐れているのだ。あいつの髪は何色だ？　そうだ、ヒトラーこそユダヤ人じゃないか。ほざくのはやめたまえ、と不可思議な声が言った。俺たちは明白な支配人種だ。ユダヤ人は寄生人種だ。そしてお前ら有色人種は苦力《クーリー》的人種あるいは農奴的人種にすぎない。お前らがうじうじと乳くりあうのは勝手だが、わが民族の前でそれをやることは許されない。血と人種にそむくのはこの世の原罪だからだ。

高島は身じろぎもしなかった。壁に背をつけ、かかえた膝《ひざ》の間に首を突っこむようにしてうずくまっていた。おそらくどんな細心な観察者であれ、この男が架空の声と問答をし、争い、悩み、考えこんでいるとは想像もできなかったであろう。ましてこの病人はこの部屋に移されてきてからというもの、理解できるただの一語も発することがなかったのである。

しかし高島はまた確実に知ることができた。この収容所のどこか奥まった部屋で、この部屋の囚人たちと同様、アンナがベッドにしばりつけられ毒を注入され、のたうちまわり呻き声を発していることを。そのような透視の像を網膜に映しながら、高島はボロ切れのように丸まった姿勢で身じろぎもしなかった。

彼女がすでにこの世にいないという事実、いつだったか友人の佐藤が彼にもたらした彼の病勢を悪化させたその報知は、なぜかこの病人の脳裡《のうり》から跡形もなくぬぐいさられていたのである。

巨大な空爆の爪跡《つめあと》、瓦礫《がれき》ばかりの廃墟《はいきょ》を、ケルセンブロックはこの時はじめて見るのだった。半年ぶりに訪れたこの都市は、最初なんの変化もなく彼の前に展《ひら》かれていた。昨夜つもった雪の上で幼い子供たちが遊んでいた。はねかえるような叫び声が凍っていた大気の中を透《とお》ってきて、彼らの霜にやけた頰は平和そのもののように輝いた。数人の女がマンホールの中に雪を落していた。子供たちが何やら叫び、女は聞き覚えのない言葉を口にした。ケルセンブロックは太って無骨げな女たちの傍《かたわ》らを過ぎるときに、注意してよく見た。彼女らはロシヤから送られてきた捕虜なのであった。

それから、ある通りを折れると、光景が一変した。これはもう彼の知っている街ではなかった。その凄《すさ》まじい瓦礫の累積《るいせき》、思いもよらぬ狂暴な荒廃が彼を愕然《がくぜん》とさせた。ところどころ崩れ残った建物が焼け焦《こ》げた外壁をさらし、鉄骨が曲りくねっていた。雪が積っているのがまだしもむきだしの惨状を覆《おお》っていたが、不規則に積み重なった瓦礫の横腹が覗《のぞ》いているところは、かえってあばかれた内臓がはみでているかのようだった。そういえば、外壁だけの建物がぽっかりと空洞《くうどう》を覗かせているさまは、内臓をとりだした腹腔《ふっこう》にそっくりだった。白と薄墨色の焼跡の上には、きびしい、一種精神を麻痺《まひ》させるような静寂がながれていた。

予期以上に屢々《しばしば》、ケルセンブロックはこうした廃墟に出会った。あるところはすでに片づけられ、別のところではまだすべてが生々しく、鶴嘴《つるはし》をもった作業隊がのろのろと動いていた。すでにこの都会は、ケルセンブロックの住む小さな町、さらにそのはずれにある病院では感じとれぬ戦火の爪跡をどぎつく印していたのである。そういえばあの混乱した列車、北ドイツからの疎開《そかい》者で一杯の列車の中から、彼はこのことを予期してよい筈であった。彼はせかせかと歩いた。さきほど大学での所用をすまし、もう一カ所知人を尋ねたあと、駅への道を徒歩でゆくつもりであった。

とある街角で、店先に真白なパンが出ているのに行き会った。切符買いの行列もない。必要に迫られてというより、かるい懐《なつか》しさからケルセンブロックはそれを求めようとした。

「それは駄目《だめ》です」見るからに無愛想げなかみさんはにべもなく太い短い首をふった。

「駄目だって？」

「頼まれて作ったものですから」

「金を払えば作って貰《もら》えるのかな」

「いいえ」と、更に無愛想にかみさんは言った。「金と、それに粉とを持ってきてもらえばね」

なるほど、とケルセンブロックは思った。そして、ここずっと絶望的な患者相手に忙殺された生活のため、一足とびに急速に自分が時世からとり残されてしまったような気がした。しかしそんなことがなかったにせよ、彼はもともと病院の内部しか知らない男なのであった。

先日、新しく相当数の患者が不治と判定されたあと、ケルセンブロックは痩《や》せて陰《いん》鬱《うつ》な軍医に質問をした。もしも患者の経過に急激な変化がきた場合、つまり症状が不治といえぬような動きを見せた場合、その患者は転院から除外されるのでしょうか？　もちろん、というのがその答えであった。実際にそういうことが有り得ればなお経過を観察すべきでしょう。報告して頂ければ早速拝見します。しかしそうした例は極めて稀《まれ》でしょうね、と相手はつけ加えたが、ケルセンブロックは最初の印象に反して、この陰気なSSの医師が単に義務を遂行しているだけなのであり、本当は内心その役目を嫌《きら》っているのだということを感じとれたように思った。それはちょっとした希望であった。ケルセンブロックは、自分が新しい二、三の治療法を患者たちにほどこしていることを話してみた。前頭葉切裁手術《ロボトミー》？　なるほど、と相手は呟《つぶや》き、ついでむしろそっけなく冷淡といってよい調子でつけ加えた。成功を祈ります。

だがこうしたケルセンブロックの意図は、病院内で必ずしも賛同を得られはしなかった。ラードブルフは何例かの脳手術を手伝ってはくれ、一、二の患者にはいくらかの転機が見られたかに思われた。衝動的に暴行を働く男がおとなしくなったのである。だが他の被術者は、前にもまして鈍磨《どんま》してゆくようであった。一人は殊《こと》にひどく、機嫌《きげん》のよい日には人並の作業に加わることのできる男であったのに、頭部の手術創が癒《なお》るころには、逆に衣類を着かえさせるにも人手を要するようになってしまった。彼はベッドに横たわったきりで糞尿《ふんにょう》さえもたれながした。

もう一人の患者はこんな具合であった。どうだね、気分は？　と尋ねられると、まだ繃帯《ほうたい》をとったばかりで顳顬《こめかみ》になまなましい傷跡の残っているその男は、気味のわるいほどのろのろと口をうごかした。「お、か、げ、さ、ま、で」

「どこも具合わるいところはないかね？」

「お、か、げ、さ、ま、で」

そのきれぎれの言葉からは何ひとつ引出すことはできなかった。いらだたしくケルセンブロックは質問をした。

「君はずっと暗殺団に狙われていると言っていたね？　憶《おぼ》えているだろう。その後どんな具合だね？」

目の前の頭髪のないロボットじみた男は、いくらかの沈黙ののち、機械仕掛のように口をぱくぱくさせた。

「お、か、げ、さ、ま、で」

するとケルセンブロックは、二、三度首をふり、もう一度患者を見つめ、それからやや猫背《ねこぜ》ぎみに、どこか遁走《とんそう》するような歩調で歩き去ってゆくのであった。

ケルセンブロックはなおインシュリン治療をも続行していた。今では彼は粗製のインシュリンの粉末を手に入れ、自分で注射液まで作らねばならなかった。だがすでに何年もあるいは十年以上も病舎に暮してきた古い患者は、これといって希望をもてる変化を少しも見せてはくれなかった……。

そうした絶望的な状態を反芻《はんすう》しながら、ケルセンブロックは建物の前だけきれいに雪のかきのけられた舗道を辿《たど》っていった。もう駅は遠くはなかった。今日彼がこの都会にやってきたのは、大学の友人のところでアセチルコリンの注射薬を入手するのが第一の目的であった。いま彼の下げたカバンの中に大切に収められているそれは、ケルセンブロックが藁《わら》をも摑《つか》む気持で思いついた薬品で、シナップスの伝導をよくするといわれ、ひょっとしたら精神病者に何等かの影響を与えてくれるかも知れなかった。

「まあ少しは意味があるかも知れないな」と、相談をうけた生理教室にいる友人は無造作に言った。「大体脳髄なんてものはほとんどわかっていないのだからな。もっと出鱈目《でたらめ》に色んな薬を使ってみたらどうだね。分量も思いきって。それでなければ意味はないさ。ダッハウの実験所じゃ君……」

友人は声をひそめた。スターリングラード以来急激に国内にはびこりだしたそのひそひそ声で語られた内容は、すぐにはケルセンブロックの理解能力の及ばないものであった。それはまるで大陸を異にした異教徒の国の、遠い昔の暗い血にぬられた伝説のように聞えたのだ。しかし今、瓦礫にうすく雪の積った廃墟のわきをいくつか通りぬけて歩いてきたとき、ケルセンブロックにはその信じがたい光景が急になまなましく目に浮んできた。人工的な炎症や高熱のため痩せおとろえ、あるいは更に乱暴な実験のために生命をおとしてゆく被験者たちの陰惨な群である。そしてその映像は、そのまま彼の見なれた病棟《びょうとう》の奥にうずくまる痴呆《ちほうか》化した汚ならしい患者たちの映像に重なりあった。

と、ケルセンブロックは思わず立止ったのだが、街全体を圧するように重々しくサイレンが鳴りひびきだした。予備警報であった。街角から幾人かの小さな子供たちが走りだしてきた。彼らは走りながら笑っていた。「くるぞ。又きやがるぞ」一人の男の子はまるで面白《おもしろ》い遊戯でも始まるようにそう叫びながら、ケルセンブロックのすぐ傍《そば》を駈《か》けぬけていった。

「畜生め」と、ケルセンブロックは独語した。もともと彼はこんな野卑な言葉を滅多に口にしない男であったし、また何を対象にその言葉を吐きつけたのか自分でも定《さだ》かでなかった。「畜生め！」

カール・ケルセンブロックは、大切な薬品のはいったカバンを小脇《こわき》にかかえると、いきなり歩度をまして駅の方角へ歩きだした。

8

宿直のエルンスト・ゼッツラーが駈けつけたとき、患者は二人の看護人に抑えつけられて、ぜいぜい荒い息を吐いていた。医者を見ると更にひとしきり叫びたてようとした。

ゼッツラーは手早くその腕の静脈に注射針を入れた。ゆっくりと麻酔剤が注入され、ぜいぜいいう息の音が次第に静かになった。必死にはねのけようとする力が弱まり、不意にすべての筋肉がぐったりとなった。患者はすでに深い鼾《いびき》と共に寝入っていた。

「こいつめ、てっきり悪魔がつきゃがったんだ」ほっとして手をゆるめながら、看護人の一人がひどいザクセン訛《なま》りでぶつくさ言った。

「いやはや、どえれえ力だ。ほれ、先生、こんなに噛《か》みつきゃがったんで」

彼は痛そうに腕をさすった。それから患者をベッドへ運ぶためその背に手をまわしながら、なおもぶつぶつ言った。

「たしかに悪魔がついたにちがいねえ。あの天窓から脱《ぬ》けでようとしくさったんで」

「この人は静かな患者じゃなかったかな」とゼッツラーは言った。

「おとなしいもなにも、飯のときしきゃ指一本動かさなかった男で。なにもかもドクター・ケルセンブロックの新薬のせいでさあ」

「新薬?」

「聞いたこともねえ注射のせいでさあ。それで癒《なお》りゃあいいんだが、悪魔がついて暴れまわるだけじゃ、俺《おれ》たちゃ全くかないませんや」

そうか、とゼッツラーは思った。近頃《ちかごろ》ケルセンブロックが少々常識外れの薬品を使用しだしていること、それによって変化をきたした患者があるらしいことを聞かされていた。しかし他の医師同様、ゼッツラーもまたその効果にはやっぱり懐疑的であった。

「ほれ、あの日本人《ヤップ》も」と看護人は指さした。部屋の隅《すみ》に寝ようともしないでのろのろと動いている人影があった。

「少し前は身動きもしねえ模範患者だったのですがね。それがドクター・ケルセンブロックの新薬を注射しだしてから、またぞろうろつきはじめたんで。妻に会わせてくれ、って地虫みたいな声を出しやがるんでさあ。俺たちゃまったくかないませんや。新薬が少し効いたもんで、ケルセンブロック先生は有頂天になって日本人から何から軒並みに注射をやるもんで」

ゼッツラーは眉《まゆ》をしかめた。しかし今更看護人の質の低下をなげいたとて仕方のないことだった。それにしても、その幽鬼のようにうろついている人影は、あくまでも見離された患者をいじくっているケルセンブロックの執念そのもののように彼には思えた。

宿直室のベッドに戻《もど》る気もせぬまま、ゼッツラーは本館に戻ると自分の部屋に入り、引出しからブランデーのびんをとりだして少し飲んだ。凍えた夜気にあたったため義手の附根《つけね》がしくしくと疼《うず》いた。

ケルセンブロックの異常とも思える努力は、絶望的な戦線に明瞭《めいりょう》な犠牲を投入するようなものだ、と彼は思った。兵士として過した彼の経験からそういえた。目をつぶると、いくつかの記憶が浮んでくる。はるかずっと遠方の地平線で地鳴りのような砲声がつづいている。そして屍体《したい》に群《むら》がるこまかい蠅《はえ》のように、無数の飛行機がその上を群れとんでいた。それはすべて敵機であった。ようやくその点々とした機影が消えると、今度は後方から味方のユンカー爆撃機が二機、三機とそちらの方角へ飛んでいった。といっても敵軍を爆撃するわけではなく、補給物資を投下するだけなのであった。どろどろいう地鳴りが丸一日つづいたと思うと、決って後退が始まった。折角しつらえた野戦病院の施設もすべてそのままに、重傷の患者たちは荷物みたいにトラックにほうりあげられた。たとえ正面の戦線がふみこたえたとしても同じであった。どこかの線が破られ、やはり慌《あわただ》しい後退が始まった。あのどろどろいう砲声はまるで後退の合図、一つの運命に等しかった。

そう、彼とても一人の医師として、気の毒な患者たちの生命が不要な廃物のように竈《かまど》に投げこまれてゆくことを傍観したくはなかった。しかしSSの命令を同時に彼は知っていた。一人二人の生命を僥倖《ぎょうこう》によって救ったとしても、それはほんの正面の戦線をむなしく死守するようなものではないか。それならば方法はあるのか？　あった。たった一つあった。一刻も早くこの誤った戦争を終らせることである。誤った？　戦争に誤ったも正しいもないのではないか？　いずれにせよ戦争は終結させねばならないものだ。

そう、彼はは じめてSSの軍医が現れた日、今は前線にいるフォン・ハラスと語らったあの夜、はっきりと心に決めた筈《はず》だった。彼はかつての学友の遺志を、はかないながらも何らの政治的組織に関《かかわ》りのない、それだけ純粋な抵抗運動をうけつぐつもりだったのだ。どういう方法をとるかは別として「白薔薇《しろばら》」の意図を正しいと信じたのだ。あのときは彼の心は燃えていた。自分のとる道は明瞭に見わたせるような気がした。あのとき、彼はまるで自分がユーゲント時代の少年のときのように、身体《からだ》にはりがでてきたのを覚えている。それなのに彼はその後何をしてきたのか? 何も!

ゼッツラーはブランデーをグラスについだ。今度はあおるようにぐっと飲んだ。粗悪なブランデーの刺戟《しげき》が彼の喉《のど》をやいた。

結局俺は臆病者《おくびょうもの》なのだ、と彼は自嘲《じちょう》した。秘密警察《ゲシュタポ》が怖いのだ。怖い? 俺は前線でも怖いと思ったことはない。やはり俺は祖国を負けさせたくない。戦争が罪悪であれ、やはりドイツは勝利を摑《つか》まねばならぬのだ。

いや、と彼はブランデーをもう一口飲み、首をふった。俺は臆病者になったのだ。生命をおびやかされぬ土地に来てようやくびくびくした小心者になったのだ。それならばあの友人は、昂然《こうぜん》として処刑されていったあの友人はより勇敢だったのだろうか。素掘りの壕《ごう》にはいって敵の戦車を待ち受ける兵士よりも勇敢だったのだろうか。どちらも同じことなのだ。麻痺《まひ》か、昂奮かが必要なのだ。確信が、あるいは盲信が必要なのだ。俺にはそれがない。かつてはあった。今はそれがない。何がそれを俺から失わしめたのか？

ゼッツラーはびんの口からブランデーをあおった。

俺は何をしたって結局は無駄《むだ》なような気がする。根本はそうなのだ。ここに坐《すわ》っているこの俺がはたして実体があるのか、明日目ざめてみれば消え失《う》せている存在なのかわからないのだ。人間にどういう意味があるのか、この世界にどういう意味があるのか一体誰《だれ》が答えられる？　莫迦《ばか》な！　何を子供みたいにつまらないことを言っているんだ。ロシヤの土地がいけなかったんだ。きゃつは化物のように大きすぎる。大砲でも戦車でも無尽蔵にあの地面から生れてきやがるのだ。

ゼッツラーは声を立てないで笑った。ついで頭をかかえ、額を机に押しあてるようにした。

しばらくして彼は姿勢を元に返すと、鍵《かぎ》をかけた引出しの奥から一冊のノートをとりだした。はさんであった折畳んだ紙をひろげ、その上にかぶさるようにして謄写版《とうしゃばん》刷《ずり》の文字をたどりはじめた。それは処刑された彼の友人がひそかに配布していたビラの最初のものであった。「何よりも文化民族にとってふさわしからぬことは、抵抗することもなく、無責任にして盲目的衝動に駆りたてられた専制の徒に統治を委《ゆだ》ねることである」という冒頭の文句から、ゼッツラーはすでに暗記するくらい読み返していた。しかし彼はところどころかすれた文字をたどっていった。彼はその文章が本当にあの一群の若者たちの気持を現しておらず、ややもったいぶっているとこのときも思った。しかし彼は文字を追っていった。そして末尾に抜萃《ばっすい》されているゲーテの詩句を、ゼッツラーは低く声をだして読んだ。

精霊たち　深みより現れし不逞《ふてい》の徒
青銅に似し気運に乗じ
半ば世界を征覇《せいは》せんも
深みへと再び没落すなり
すでに大いなり彼が不安
すでに空《むな》しかり彼が反逆！
いまだ彼に従わん者なべて
ともに深みへと没落すなり

希望　今やわが前に雄々しき友ら

夜陰につどいよりて
黙せども眠ることなく
自由なる美《うま》しき言葉
囁《ささや》きつ口ごもりつ
ついに新しき姿なして
われら神殿の階《きざはし》に
ふたたび歓《よろこ》びの声あげるらん

自由！　自由！　と

「乞《こ》う、本紙をでき得るかぎり多く複写し、さらに配布されんことを！」と、ゼッツラーは末尾の文字を声にだして読んだ。

それから彼は唇《くちびる》を嚙んだ。俺は腰抜けなのだ。俺はもう単なる脱殻《ぬけがら》なのだ。

エルンスト・ゼッツラーはびんの口からブランデーをあおった。

9

分裂病と呼ばれる一群の疾患は今さらながら暗い不可解な深淵《しんえん》である。その末期こそ砂漠《さばく》の荒地よりも乾いて動きがないが、そこに至る経過は千差万別で、往々にして長年の経験をもつ医師ですら首を傾けざるを得ない症状の変化を示す。

そして、ここしばらくの間に、高島は見ちがえるばかりの回復を示していた。それは予想以上のものともいえた。

はじめ、正体のわからぬ薬を注射されようとするとき、高島は恐怖に身ぶるいした。いよいよ自分の処刑の番だと思いこんだからである。しかし薬が作用したのか、あるいは彼の経過がそうなる運命にあったのか、彼の内部に根強く固着していた歪《ゆが》んだ観念は次第にときほぐれていった。いつとはなしに、この建物がユダヤ人を拷問《ごうもん》にかける怖《おそ》ろしい収容所《カー・ツェット》なのだという妄想《もうそう》はすでに彼の脳裡《のうり》から失われていた。気づいてみれば、ここはいつだったか彼の入院した病院であり、まわりにいる患者たちはすべてドイツ人なのであった。ましてアンナがここにいる筈《はず》もなかった。どうしてあんな可怪《おか》しな考えに陥っていたのだろう、と高島はただそう思った。

しかし彼の病んだ脳髄はまだ一つの病んだ観念を執拗《しつよう》に守りつづけていた。それはアンナさえ迎えにきてくれればすぐにでも自分は退院できるのだという彼にしてみればごく自然な思考で、疑ってみる余地もなかった。彼ははじめのうち気味のわるい恰《かっ》好《こう》でしょっちゅうドアのわきに佇《たたず》んで、隙《すき》さえあれば外へ出ようとし、同じように幽霊みたいな声で妻に会わせてくれと哀願した。次第に経過が良くなるにつれ、ようやく彼は身だしなみも整えるようになったし、これがあのヤップかと看護人がいぶかるほど明瞭《めいりょう》に話をするようになったが、口にすることは同じであった。――いつ妻は迎えにきます?

「もうすぐだ。もうすぐだて、日本人さん《ヘル・ヤパーナー》」きまって看護人はそう答えた。

そして、立居ふるまいは一見常人と変りもなくなった高島は、根をおろした古い患者の収容された部屋からもっと明るい出入も自由な病室に移されてきたものの、口にすることは決っていた。

忙しそうなケルセンブロックもときには顔を見せ、いくらかの言葉をかけていった。今は高島はこの鼻梁《びりょう》のするどい長身の男を自分の主治医だと認めることができた。

「ずいぶんよくなりましたね、本当によくなった」と医者は言った。「一時はちょっと具合がわるかったのですよ。しかしもう大丈夫です」

「どうもそうだったようです」と患者は苦笑してみせた。彼の態度には節度があり、外国人らしい不自然な抑揚をのぞけばしゃべることにも異常はなかった。しかし日本人は最後に、ごく遠慮ぶかそうに、しかしつきつめた声でこう言うのだった。「妻から連絡がありましたか、先生。もう迎えにきてもいいと思いますが」

医者は看護人や看護婦がいうのと同じ返答を与えた。もうすぐです。もうじきでしょう、ドクター・タカシマ。

そして今日も高島は窓際《まどぎわ》に立って外を見つめていた。地上には薄く雪が積り、樹々《きぎ》の枝にも不規則な形にこびりついていた。灰色の層雲の背後には小さな太陽が白く頼りなげな輪郭だけを浮べていた。そしてこのくすんだ乏しい光の風景の中に、雀《すずめ》だけが活潑《かっぱつ》に動いていた。彼らは群をなして、固そうな雲の上で鬼ごっこの真似《まね》をしたり、一本の藁《わら》くずを争ったりした。

そうして朝からずっと、高島はアンナのやってくるのを待ちつづけていた。どんな報知よりも確実なその気配を感じたからである。だが、辛抱づよく彼が立ちつくし、雀の群はとうに去り、小さな白い太陽の輪郭も灰色の空の中に溶け去り、何のためにされるのかわからない注射の時間がきても、なお彼女の姿は現れなかった。そうして凍《い》てついた戸外を眺《なが》めながら、もうずいぶんと昔の事柄《ことがら》のように思われる、アンナと他人でなくなってからの幾何《いくばく》かの生活の追憶が高島をしめつけた。それを彼は当時の陰影そのままに思いだすことができた。たとえばこのような寒々とした冬の公園のベンチに二人して長いこと坐《すわ》っていたこともあった。一緒に外出するときは彼女も黄色い星印をつけなかったし、公園でもユダヤ人専用のベンチを避けてもっとよい場所のベンチに自分から急いで腰をかけるのだった。オーバーのボタンを一つはずして彼の胸の辺りに手をさしいれながら、彼女はニッポンのことを聞きたがった。早くニッポンへ行って住みたいと言った。日本のことを話すとなると高島はいつも戸惑った。彼にはもう両親もなかったし、二人の姉ともどことなく疎遠《そえん》だったし、なによりも母校の助教授の口が彼の後輩の男に決ったことはまだ彼の心に尾をひいていた。その代償のような形で高島はこちらに留学できたのだが、このまま異国で骨を埋めてしまってもかまわないという気持がしなくもなかった。ただ生れ故郷の片田舎の風景だけは懐《なつか》しかった。彼は雪が斑《まだ》らに残った早春の裏山のこと、こちらの金の五月と同じように好ましい季節に行われる男の子の祭りのことなどをアンナに物語った。と、彼女はだしぬけに思いつめた表情で、ああ貴方《あなた》、ここにも早く春が来ないかしら、と叫ぶように言うのだった。そしてモミの小枝を敷いた土の上に春を告げるクロッカスの蕾《つぼみ》がひょっとして見つかりはしないかと、頑是《がんぜ》ない子供のように探しまわったりもした……。

午後にも、高島はいくらか廊下を往復したあと、ふたたび窓際に立っていた。それから数日前初めて手渡された幾つかの手紙——それは彼が廃人のように独房や三号室でうずくまっていた間にきたものだった——を読み返してみた。不可解なことに、何度読み返しても佐藤の手紙にはアンナという文字ひとつ出てこないのだった。戦争の行末について悲観的なことばかりが書いてあったが、どうしても高島には実感が湧《わ》いてこなかった。しかしローマの商社にいた知人からの便りも似たようなもので、それによるとイタリヤ在留の日本人たちは北部の山奥に避難しているようだった。その片田舎のとあるマリアの像があと七日で戦争が終ると口をきいたとかで、イタリヤ人たちは大喜びしてその日を待ったが結局何も起らなかった、しかしこの様子では自分たちもいつかはドイツに逃げてゆくことになりそうだ、とその便りは結んであった。高島は首をふり、凍てついた外の景色を見つめた。

夜、高島はアンナに便りを書いた。先日手紙を書くことを許されて以来、彼はもうずいぶん似たような手紙を書いているのだった。看護婦に念を入れて手紙を手渡すと、それでも彼はどことなくほっとした気持でベッドにはいることができた。それから寝いるまでのかなり長い時間、彼は人類とか人種という概念について、この疾患特有の多分に偏《かたよ》った抽象的な考えにふけったりした。彼は自分の病いが悪化していた期間、まわりにいる人間たちを、日本を離れて以来予想以上に強くまつわっていた黄色とか白色とかいう意識から離れて、単に人間という同族の意識で眺めていたことを思いだした。精神を病むということは深く沈みきること、人間のもつ最も原始的な地盤に帰るということになるのかも知れない、と彼は考えた。そのくせ病人たちはそのような共通な同質なものになりながら、逆にお互になんらの疎通性も持たなくなる。かえって彼らは狭くるしい固有な小世界の中に閉じこもってしまうのだ。同質になりながら逆に離れてゆく、これはやはり疾患のせいなのだろうか、それとも人間の痛ましい本質を暗示しているのだろうか。

それから高島は、さきほどあずけた手紙の内容を反芻《はんすう》したりしながら、夢もない眠りにおちていった。その手紙が決して投函《とうかん》されることのないことを、もとより彼は知る筈もなかった。

陰気に鋭く痩《や》せた軍医の前で、患者たちは椅子《いす》をつくる作業をしていた。いずれもこの間まで無口に動かず、「生きるに価《あたい》しない生命」の烙印《らくいん》を押されていた連中である。彼らはてきぱきと仕事をした。熟練工さながらに組立てたり釘《くぎ》を打ったりした。ときたま軍医が立止って質問をすると、どの患者もまるでヒムラー直属の隊員のようにてきぱきと明確な返事をするのだった。軍医の顔にはあきらかに驚嘆の色がうかんでいた。彼はケルセンブロックをふりむくと、感動にあふれた所作で手をさしのべようとした。そのとき急に遠くから底ごもったサイレンのひびきが伝わってきた。ケルセンブロックは慌《あわ》てなかった。むしろ患者たちの整然とした行動をSSの医師に示すことのできることを喜んだ。彼は叫んだ。さあ、みんな地下室《ケラー》へ。と、いぶかしい信じられぬことが起った。誰《だれ》一人立上る者がいなかった。それどころかあれほどいきいきとしていた患者たちには見る見るおそろしい変化が起った。彼らは一瞬にして、ぶつぶつと独り言をいいながら無意味に身体《からだ》をゆすったり、ふぬけた底のない笑いを洩《も》らしたり、生命のない枯木のようにうずくまる廃疾者の群に変じてしまった。ケルセンブロックは茫然《ぼうぜん》とした。可怪しなことに彼を助けるべき看護人も看護婦も一人として見当らない。彼は間近にいる患者の肩をゆすぶった。相手は恐怖の表情をうかべ、たじたじと尻《しり》ごみをした。憤激がケルセンブロックを襲った。彼は患者の胸をとらえ、思いきり前後にゆさぶった。と、相手の顔は土色に変り、いや土のようにぼろぼろと崩れ、その身体までがもろくもぼろぼろに崩れてきた……。

はっとしてケルセンブロックは目を覚ました。夢であった。彼は自分の部屋の古びたベッドに眠っていたのだった。ここ二、三日病院に泊りこみの疲れと、昨夜おそくまで調べ物をしていた疲れで、とんでもなく寝すごしてしまったらしい。しかし夢の中の警報はたしかに本物で、この家のかみさんが階段の下で彼の名を呼びたてていた。慌てることもなかった。敵機はただこの町の上空を過ぎてゆくだけで、この地方ではまだビラ一枚落ちてこなかった。この町の上空を通るようになったのもつい先日で、別の新しい都市が目標になっているのかそれとも敵機が侵入径路を変更したためなのか、議論するのがこの町の住人のなすべきすべてのことであった。急いで身支度をしているケルセンブロックの耳に、それでも警備団のヒンダー親父《おやじ》が下の路上でやかましくわめいているのが聞えてきた。敵機が附近を通過するようになってから、この多血質の肉屋の主人は目に見えて活気をおびてきて、烏《からす》一匹見てもとびあがるほど気負いたっていた。

数分後に爆音が聞えはじめた。ヒンダー親父の意図に反して、今日も敵機の姿を認めることはできなかった。やはりこの日もどんよりと雲がたれこめていたからである。それでなくとも敵機は非常な高度を飛んでいるもののようであった。しかしその爆音は不気味に雲にこだまして、それだけに何百機どころか、何千機、何万機の集団か測り知れないほどの重圧感をおしかぶせてきた。目に見えないだけに余計神経にこたえた。ケルセンブロックは窓際に立ってじっとその重苦しい音響に耳をすませながら、臆病《おくびょう》なこの家のかみさんが地下室でふるえながら祈っているさまを想像することができた。

しばらく様子を窺《うかが》ってから彼はいつものように自転車で病院に向った。畠《はたけ》のむこうの線路を長い貨物列車が通っていた。どの車輛《しゃりょう》にも大砲や戦車が積まれ、覆《おお》いの下から飛行機の胴体まで覗《のぞ》いていた。白い息をはいてケルセンブロックはペダルをこいだ。眠りたりぬためばかりでなく、彼の眉《まゆ》は陰鬱《いんうつ》にしかめられていた。日と共におし迫ってくる戦局を懸念《けねん》したこともあったが、一時はパッと彼の心に希望をもたらした薬品の効果がやはりはかばかしくなかったからである。重いオーバーの裾《すそ》を気にしてペダルをこぎながら、彼はさきほどの夢を思い返していた。

なるほど薬品を使用した患者たちのうち幾人かは明瞭な精神的な反応を起した。が、それは決して好ましい変化ではなく、むしろかたまっていた病気の素《もと》をかきまわしたようなものであった。動かない患者が動くようになったが、出鱈目《でたらめ》に徘徊《はいかい》したり他人に打ちかかったりした。しゃべらない患者がしゃべったが、それはまったく支離滅裂な意味も判じがたい言葉であった。一人だけかなり良くなった患者があった。が、それはあの日本人で、彼の場合はそんなに古い患者ではなかったし、たとえ良くならなくてもリストに加えられる心配はなかった。しかし、とケルセンブロックははかなく考えた。ほかの患者にしても第一の段階なのだ。もう一息なのだ。

ケルセンブロックはそれから薬を皮下注射ではなく頸動脈《けいどうみゃく》に注入することを思いついた。その方が直接脳内に作用をする。こうして、物に動じない少し智能《ちのう》の足りぬ看護人までが、あいつはもう御免だとこそこそ話しあう陰惨な治療が始まったのである。それは一時代前のカルジアゾール痙攣《けいれん》療法と同じ結果を産んだ。患者をベッドの上に押さえさせておいて、ケルセンブロックは太い注射針をその頸《くび》の横に突き刺した。すると頸動脈を探りあてると、彼はじっと患者の顔を見つめながらピストンを押す。すると看護婦たちが目をそむける現象が突発した。なにもかも凄《すさ》まじく獣じみて、さながら地獄の情景としか思えなかった。大抵の患者はまず絶叫した。そいつは腹の底から一遍に喉元《のどもと》へ突きあげてくるこの世のものならぬ絶叫で、同時に患者の目はとびだしそうに見開かれた。顔全体がむざんに歪んだ。歯が喰《く》いしばられた。そして意識を失った患者は、手足をひきつらせてがくがくと痙攣した。ケルセンブロックはそのさまをじっと観察していた。はげしい痙攣がおさまり、五体がだらりとなり、ようやく呼吸が回復してくるまでの間、さすがに彼の顔は緊張にやや蒼《あお》ざめて見えた。しかし彼はすぐと氷のような――とみんなには思えた――声で看護婦に命ずるのだった。

「次！」

ある日、おそらくは実験的な意味あいから、高島もこの頸動脈注射をうけさせられた。そのあと彼は病室に戻《もど》され、強制された深い昏睡《こんすい》を夕刻までむさぼったのだった。目ざめたとき、五里霧中のぼうっとした意識の中で、彼はいぶかしげに視線をさ迷わせた。窓にはブラインドがおり、室内には薄明るい灯がついていた。そうだ、ここはいつもの病室なのだ。それから彼が習慣的にアンナのことに考えをもっていったとき、高島は愕然《がくぜん》としてベッドの上に身を起した。アンナ、あれほど彼が待ちつづけ、待つことが彼のすべてであったアンナが、本当はもうこの世にいないこと、もうその声を聞くこともできずその身体にふれることもできぬという事実に、このとき高島ははじめて気づいたのであった。いつぞやの佐藤の言葉に嘘《うそ》があろう筈がなかった。いまようやくそのことを思いだしたのだろうか。いや、本当は彼はそのことをずっと知っていたような気もする。なにか逆らいがたい厚ぼったい靄《もや》が彼の頭脳を支配し、彼の思考を歪めていたのだ。

この残酷な覚醒《かくせい》は、一瞬高島の五体をふるわせた。それから虚脱して、茫然となって、彼はベッドの上に背を丸めて坐っていた。やがて食事の時間が来、この部屋にいる軽症の患者たちはさざめきながら廊下へ出ていった。しかし高島はがらんとした病室のベッドに坐っていた。患者の一人が声をかけ、ついで看護婦がやってきて、どうしたのかと尋ねた。するとこの異国人は顔を伏せたまま、そっとしておいてくれと押しだすような声で言った。

次の日、日本人の様子にはとりたてて変ったことはなかった。ただ沈んだ顔をしてじっとなにか考えこんでいた。それまでのように日に何度も看護婦のところへやってきて、妻から手紙がこなかったかなどとしつこく尋ねることもなかった。看護婦たちは気にもとめなかったが、翌日の夕刻、日本人はやはり沈んだ様子で看護部屋にやってきて、話したいことがあるからケルセンブロック先生になるたけ早く会わせてくれ、と頼んだ。

時間のないケルセンブロックが彼とかなり長い話を交したのはそれから四日経《た》ってのことであった。いろいろな質問の末、医者は目を見はった。あれだけ執拗《しつよう》だった妄《もう》想《そう》がきれいにとれていたからである。患者は、妻のことに関しては、自分には非常に大きな衝撃だが、なんとか堪えてゆけるだろう。またそれより仕方がないことだと、沈んだ、しかししっかりした態度で言った。

あの治療が効いたのだろうか？　とケルセンブロックはおののきながら自問した。いやいや、この男は荒廃期に達している本当に古い患者とはちがう。たしかに一時はずいぶん悪かったが、あれは緊張病の昏迷《ストポール》のようなものだったのだろう。彼は癒《なお》るべくして癒ったのだ。それにしても、ほかの患者たちが一人でもこんなふうになってくれたら！

「どうも今度こそバンザイのようですね、タカシマさん」と、ケルセンブロックはいくらか羨望《せんぼう》にちかい声を出した。

日本人の顔は別に明るくもならなかった。同じように伏目がちにぼそぼそと言った。

「経過を見ていて頂いて、もし先生が大丈夫とお思いのようでしたら……」

「それがいい。そうしましょう」と医者は疲れた笑顔をつくった。「もうじきあなたは退院できる。私が受けあいますよ。そのときは早速私からお友達に連絡してあげます」

最後に、日本人は思いついたふうに、以前はときどき見かけた院長のことを尋ねた。

「プロフェサー・ツェラーは御病気で、今度この病院をやめられることになりました」

「御病気？　それは……」日本人は口ごもった。「……どこがお悪いのですか」

「脳出血です」ドイツ人の医師は答えた。

老ツェラーはあれからいくらかは回復していた。といって、それは危険な状態が去ったということで、事実上彼は四十年間面倒を見つづけてきた患者たちと大差のない生活を送っていた。杖《つえ》にすがり人にささえられてどうにか短い距離を歩き、呂律《ろれつ》のまわらぬ舌で辛うじて意志を伝えることができる程度であった。幸いなことに——とケルセンブロック達《たち》は思った——いまは彼の精神にはかなりの欠損が生じているらしく、老人性の多幸症にみられるような単純な笑顔を見せるだけで、病院のことをあれこれと訊《き》くこともなかった。彼は官舎から一歩も出ず、おとなしく夫人からジュースを飲ましてもらいながら、たまに訪れる病院の者たちの挨拶《あいさつ》をにこにこと黙って聞いていた。だがケルセンブロックは愚にかえった好々爺然《こうこうやぜん》としたその笑顔を見るたびに、案外この老人が実はぼけてはおらず、明晳《めいせき》な意識を所有していて、何もかもわきまえているのではないかという疑惑がしきりとした。

ともあれ、老ツェラーがこのうえ回復して院長業務を続行できるようになれよう筈《はず》のないことは誰の目にも明らかであった。今ごろまで院長の更迭《こうてつ》が行われなかったのは、この病院が州立とはいえ小さな存在であったことと、なによりも代りの人間がいないことが原因であったのだろう。だがつい先日、近々新しい院長が赴任し、老ツェラーが官舎を去ることが決定していたのである。

「そう、非常に不幸なことでした」

ケルセンブロックは物思いにふけりながら呟《つぶや》いた。それから、前に坐《すわ》っている同盟国の患者にむかって、二、三度ふかく頷《うなず》いてみせた。それは彼の面接がこれで終ったことを相手に告げる仕種《しぐさ》であった。

イタリヤに於《お》いては今や孤独のドイツ軍はモンテ・カッシーノの防衛線を死守していた。しかし敵はその後方のアンツィオ附近に強力な橋頭堡《きょうとうほ》を打ちこんでいた。一方、東からの赤い潮《うしお》はさながら津波のごとく人為的なものではとどめることのできぬ大自然の暴威を思わせた。海においてもレーダーの進歩はUボートの威力を制圧してしまっていた。どちらを向いても明るい材料はなかった。ドイツは荒い息をし、日ごと激しくなる空爆にさらされながら、いずれはやってくるであろう聯合軍《れんごうぐん》の欧洲《おうしゅう》大陸上陸をじっと待っていた。

カール・ケルセンブロックの心情にはこの断末魔の祖国と少なからず似かよったところがあった。幾人かの患者が薬に反応した。しかしそれは長続きしなかった。それは線香花火のようにごくあっけなくパチパチと燃えて、あとにより一層濃い暗闇《くらやみ》を迎えた。末期の分裂病患者は泥沼《どろぬま》にはまりこんだ不器用な動物のようなものであった。それを引上げようとするいかなる努力も徒労で、彼らはまたずぶずぶと重い泥の中へ沈んでいった。あの日本人のようになってくれる者は一人もいなかった。それに多くの患者の顔には薬品の使いすぎのためいやな浮腫《ふしゅ》がきていた。脈は異常にゆっくりと打っていた。そして血圧はこれ以上薬をふやすことが危険であることを否応《いやおう》なしに示していた。

とうとう、ケルセンブロックの治療の目的、その対象が失われてしまう日がきた。一週間後、不治患者が一度に輸送されるという報《しら》せがきたのである。あれからずっと輸送は行われず、今度連れ去られる患者は六十名を越えていた。それだけでなく、あの鋭く痩せた親衛隊の軍医はなぐさめるようにこう言った。「これで終りです。おそらく当分は不治患者の選出は行われなくなります。少なくとも私の聞いているところではそうです」

一見無表情に、やや頬《ほお》をこわばらせながら、ケルセンブロックは受話器からひびいてくるその言葉を聞いた。低い声で彼は感謝の意を述べた。相手は命令が文書で出る前に個人的な立場から知らせてくれたのである。といって、不治患者の概念をくつがえすような症例はありはしなかった。今となっては、ついに完全に無益に終った治療を中止するほかはなかった。その日ずっと、この不幸な医者は大部分の時間を自室に閉じこもって過した。

しかし翌日になると、ケルセンブロックは唯一《ゆいいつ》の希望といってよい一人の患者を治療室に連れてこさせた。グレゴールというその男はほかの患者とちがい、症状が逆もどりしていきはしなかった。殊《こと》に頸動脈に直接薬品を注入しだしてから、彼はどうにかまっとうな返事をするまでになっていた。だが彼は癒ったわけではなく、別の見方をすればもっと狂人らしくなっていた。彼は以前のようにベッドに落着いていなかった。ときどき夢遊病のようにふらふらとベッドをおり、同じようにふらふらとあちこち迷い歩きだすのであった。

「呼んでいる、呼んでいる」と彼はおびえた視線をさ迷わせた。「あ、こっちの方であいつが呼んでいる」

そういうときはどう説得したとて甲斐《かい》がなかった。どこからともなく伝わってくるらしい妖《あや》しい声の命ずるままに、ドアをゆすぶったりベッドの下にもぐりこんだりした。声が聞えないときはすべてはよかった。この幻聴さえとれたならば、完全に荒廃期に達していた患者もこれだけになり得るという例を示すことができるかも知れなかった。

グレゴールは治療を厭《いや》がってもがきたてた。その目は恐怖のため血走っていた。しかしケルセンブロックは彼を押えさせ、その頸動脈に注射針を突き刺した。魂を凍えさせるような悲鳴が起り、患者は白眼《しろめ》をむいてのけぞった。が、いつもとは様子が違っていた。痙攣は不完全で、グレゴールはすぐ意識を回復してしまい、正視するに堪えない恰好《かっこう》で喘《あえ》いだ。ケルセンブロックはその脈をとりながら、まだ朦朧《もうろう》として荒い息をしている患者を、絶望しながら見下ろした。すると彼の心には、その後もずっと経過がよく最近退院の手配までした日本人のことがどうしても浮んでくるのだった。諦《あきら》めるのはまだ早かった。この男にしても、ひょっとして深い昏睡から覚めてみたとき、彼をひきずる妖しい声が二度と聞えないということが万一ありはしないだろうか？　もう一回つづけてやってみたら？　いや、無理だろう。肉体が堪えられまい。いや、思いきってもう一回やってみたら？　その一回がどういう結果を生むか神のほか誰《だれ》が知ろう？

「新しい注射器を」と、思い迷った末に医者は命じた。

結果はこれ以上考えられぬ最悪のものであった。患者は叫び声も立てなかった。気味のわるい、中途半端の、小刻みな痙攣がその全身を貫いて走った。むくんだ顔が蒼《そう》白《はく》になり、唇《くちびる》が色を失うのは当然のことだったが、いつまで経ってもそれは元に戻ってこなかった。

「カンファー、いや、ロベリン！」慌《あわ》ただしくケルセンブロックは叫んだ。

グレゴールはまだ小刻みにふるえていた。いったん収まったかのように見えても、断続的にまた始まるのだった。その土色の顔は冷い汗にしっとりと濡《ぬ》れていた。ほそい脈が辛うじてケルセンブロックのこわばった指先に伝わってきた。身体《からだ》全体が今度は強くふるえだした。瀕死《ひんし》の魚のように、手が足が、胴体がびくびくとふるえた。それからふいに静かになった。ケルセンブロックは強心剤をもう一本胸の筋肉に打ち、ついでそこに直接耳をおしあてた。

グレゴールの心臓はその働きを停止していた。

10

「くよくよするんじゃない、カール。そんな感情はまったく役立たずなんだ」

耳元でラードブルフが奇妙なほど優しい声で囁《ささや》いた。といって、ケルセンブロックには、相手のだぶついた頰《ほお》の肉が闇《やみ》の中でなんだか残忍なふうにひくつくのが見えるような気がした。

「君にはまったくやりきれないことが続いたな。俺《おれ》にはわかっているよ。しかし気を落さないことだ。そうそう悪いカードばかり続くものじゃない」

闇は濃く深くとげとげしく冷く、そして霧がこの地上をおおっていた。玄関からの明りのおよぶ範囲では、もやもやとした霧の渦《うず》がながれているのがわかった。それは水滴というより実にこまかい氷の粒子なのであった。うすぼんやりとその闇の中で懐中電灯の光がうごいていた。そして闇よりも濃く、伝説の怪獣のように不気味にどっしりと、ライトを消した三台のトラックがとまっていた。幌《ほろ》をかけた後部に開いた口は、怪獣のあんぐりとあけた巨大な口を思わせた。それは迅速に情容赦なく、患者たちを呑《の》みこみつつあった。

「それにしてもあの日本人はどうして自殺なんかしたのかな。彼はもう退院することになっていたのだろう？」傍《かたわ》らでラードブルフが呟《つぶや》いた。

その通り高島の退院は決っていたのだ。佐藤はくることができなかったが近くの都市に住む日本人が迎えにくる手筈《てはず》になっていた。それが今日の昼まえ、自分の退院を知りながら彼は便所の中で首をくくったのであった。上方の窓を遮蔽《しゃへい》するため内部から板を打ちつけてあったのを、その板の割目にバンドをかけたので、常識ではちょっと考えられなかった。が、とにかく高島は確実に自ら生命を絶ったのである。ケルセンブロックが駈《か》けつけたとき、もうその身体《からだ》はベッドに横たえられており、太った看護人が甲斐《かい》のない人工呼吸をやっていた。もう手おくれであった。喉元《のどもと》に喰《く》いこんだバンドの跡がくっきりと黒紫色の痣《あざ》になっていて、その身体はすでに手足のほうから冷えはじめていた。

「彼らが癒《なお》らなかったことに自責を感じてはいけないよ、カール」と、またラードブルフが言いだした。ちょうど二人の前を一人のぐったりした男をのせた担架が通りすぎてゆくところであった。その患者は野獣のように暴れるので麻酔剤を注射されていた。「彼らは彼らの闇に沈んでしまっているのだ。だが今度は、もっと深い闇が、もっと静かな平安が、彼らをなぐさめてくれるよ」

ケルセンブロックは無言で立っていた。

「それに家族だってとうに見離しているんだ。五年、六年と経《た》った患者のところへ一体誰《だれ》が見舞にきたね？　病院にまかせて音沙汰《おとさた》なしだ」今度はラードブルフはやや憤慨した口調で言った。「きっと近いうちに彼らの家には死亡通知が行くだろう。みんな十字を切って、涙をこぼして、内心ではこれで厄介《やっかい》ばらいをしたと思っているんだ。君一人がそのように思い悩まねばならぬ道理はないよ」

ケルセンブロックは無言で立ちつくしていた。

「君は人間自体にあやまった信仰を抱いているのじゃないか。そりゃあ君、僕《ぼく》だって患者たちが天から与えられた寿命をすごせる時代を待ちのぞんでいるよ。しかし人間についての僕の考察をいえば、この時代やこの戦争が特に暗黒な目をおおう時代とは思えないね。人間の文化、道徳、殊《こと》に進歩に関する概念なんてものはたわごとだ。人間の底にはいつだって暗い不気味なものがひそんでいるのだ」

ケルセンブロックは無言で立っていた。

「僕は事実を述べるだけだ」ラードブルフはいくらか弁解するように言った。「分裂病患者は本当の荒廃におちいったら、少なくとも現在の医学では我々の手の及ばない領分だ。彼らだって（ラードブルフは懐中電灯を明滅させているSS隊員を顎《あご》でしゃくった）案外神の思召《おぼしめ》しかも知れない」

ケルセンブロックは目をあげ、ちょっと後方をふりむいた。新しく赴任してきた院長、ドクター・シュミットが、SSの将校となにやら話しながら出てきたところだった。彼はきびきびとした、彫りの深いひきしまった顔をした男で、ケルセンブロックといくらも齢《とし》がちがわなかった。しかしまだいくらも話してはいないが、ケルセンブロックは彼の学識と人柄《ひとがら》に信頼がもてた。今はそのことがケルセンブロックにとって唯一《ゆいいつ》の安らぎといえた。新院長は背広姿のまま、厚い外套《がいとう》をまとった将校と玄関前の階段をおり、黒々とうずくまっているトラックの方へ近づいていった。

ヴァイゼとゼッツラーの姿は見えなかった。二人ともすでに帰宅していて、それは新院長がこの二人の医者まで病院に残る必要性を認めなかったからだ。ゼッツラーといえば、ケルセンブロックは院長に相談しなければならぬことがあった。この若い医師が最近モルヒネを少量ではあるがひそかに自分に使用していることがわかっていた。おそらく彼が戦傷を受けたころ野戦病院ででも覚えたのだろう、とケルセンブロックは考えた。いずれなんとかしなければならなかった。が、そんなことはあとの話だ。

知らず知らず、ケルセンブロックは前の院長のことを考えていた。三日前、老ツェラーは官舎をひきはらい、彼が実に長いこと勤めてきた、内心では自分の一部と思っているにちがいないこの病院を去っていったのだ。プロフェサー・ツェラーにはそれほど遠くない町に手広く商売を営んでいる息子があり、恩給はつくことだし、落着く場所に事欠かなかった。この半身不随の老人は、うまくするとあと何年も、あるいはもっと生きつづけてゆくかも知れない。そして身体の障碍《しょうがい》ももう少しは回復するかも知れないし、庭先に薔薇《ばら》でも作って、案外満足した晩年を送れるかも知れなかった。

しかしケルセンブロックは、老院長がいよいよここを去ることになった前日、彼が院長室で倒れて以来はじめて官舎から病院へ出てきた日のことを思いだすと、痛いほど胸がしめつけられた。老ツェラーはどもどもと聞きとりにくい声で、どうしても病《びょう》棟《とう》を見まわるといってきかないのであった。こうして、異例の、年配の看護婦たちがそっと目頭をぬぐう、最後の院長回診が行われた。以前は毎週の火曜の午前中、院長は老人と思えぬほど活気にみちた回診をやったものであった。この小柄の頭の禿《は》げあがった老人は、忙しく患者に問いかけ、うなずき、冗談を言い、少し強すぎるくらい肩を叩《たた》いたものだ。このたびはすべてが静かであった。彼は手押し車に乗せられて、廊下から廊下をしずかに押されていった。口も不自由だったが、ついに彼はひとこともしゃべらなかった。質問もしなかった。彼は開け放された窓や戸口から病室を見やった。そしてさまざまな患者たちを、黙って眺《なが》め、にこにこと笑った。それはたわいのない、おそらくは老人性の、弛緩《しかん》した、意味のない笑いなのかも知れなかった。しかし彼はときに真剣な表情をした。一方をじっと見つめ、あるいは附添《つきそ》っているケルセンブロック達《たち》の思い過しかも知れないが、しょぼしょぼと目をしばたたいた。彼はうつむいてちょっと咳《せき》をし、顔をあげ、またにこにこと単純な笑顔をうかべた。一方、久方ぶりに老院長を迎えた患者たちの反応は想像以上のものがあった。彼らは歓《よろこ》びと畏敬《いけい》の念を露《あら》わにした。ベッドの横に直立不動の姿勢をとる者もあった。寝ている者も起きあがり、まじまじと廊下を過ぎてゆく手押し車にのった貧相な老人を見送った。不治患者に指定されなかったのは僥倖《ぎょうこう》だったとしか思えない女患者は、よろよろと戸口まで出てきて、ほとんど恍惚《こうこつ》とした表情で呟いた。「ああ先生、ツェラー教授様！」しかし、手押し車はすぐ過ぎていってしまった。そして車の上では、こんなにも狂った人々から頼られ尊敬されている、しかし無力な小柄な老人が、意味もなく、多少だらしなく、にこにこと笑っていた……。

さきほどからエンジンをかけていたトラックがライトをつけた。下をむいた小さな前照灯だけだった。それでもそれは闇を貫き、たちこめている霧をその光芒《こうぼう》の中にもやもやと漂わした。鋭い声がいくつかひびいた。サイド・カーがけたたましい音と共に走りだした。ついで一番右手のトラックが底ごもりした唸《うな》りをあげ、重いタイヤで泥《どろ》をほじくり、頑丈《がんじょう》そうなその巨体をゆるがせた。つづいてもう一台。それからもう一台。

それで何もかも終ってしまった。あっけないものであった。患者を乗せるのを手伝っていた看護人たちがこちらに引返してくるところだった。

「すべてはドイツのためだ」と、傍らでラードブルフが呟いた。彼はすっかりいつものものものしい声になっていた。「そして我々はきっと勝つ！　あのプロシャが栄光を握ったときと比較してみたまえ。あのときはロ助めがベルリンの近くまでおし寄せてきていたんだ。だが老フリッツは勝利を得た。それに比べたら情勢はずっといい。見ていろよ、奴等《やつら》がわれわれの欧洲要塞《おうしゅうようさい》にとりついたそのときには！」

彼は身体をゆすぶった。靴先《くつさき》で石畳を二、三度蹴《け》った。それからくるりと向きなおると、声を和げて言った。「さあ、俺は後片づけをしたら帰る。今夜はオスカーの店で俺の弁膜のために飲むんだ。君と飲めないのは残念だが、じゃあおやすみ」

そしてこの太っちょの医者はちょうど戻《もど》ってきた新しい院長と短い会話を交し、さっさと病院の中へ消えていった。

そのあとケルセンブロックは院長室でかなり長いこと事務的な話をしなければならなかった。それが済んで廊下へ出たとき、病院の内部はもうひっそりとしていた。彼は靴音のひびく人気《ひとけ》のない廊下をたどっていった。そうしてはじめて一人きりになってみると、彼はいつもより一層猫背《ねこぜ》ぎみになってゆく自分を意識した。

しかしケルセンブロックは半ば機械的に、かなり大股《おおまた》に、むしろ必要以上の速度で森閑として薄暗い廊下を歩いていった。このところずっと仕事を放擲《ほうてき》していた病理実験室へ、――あの薬品のびんや試験管が林立し、机の下や棚《たな》の上にはフォルマリンに漬《つ》けた、灰白色の塊りの入れられた広口びんの置かれた部屋へと彼は歩いているのであった。

解説

埴谷《はにや》雄高《ゆたか》

もし私達《わたしたち》の精神の傾向を大まかに求心型と遠心型の二つにわけるとすると、北杜夫《きたもりお》の精神の働き方は遠心型に属するといえるだろう。これまで書かれた彼の作品の系列を眼前に眺《なが》めている裡《うち》にひとつの特異な傾向としてまず目につくことは、彼が、屢々《しばしば》、それまで訪れたこともない場所を背景とする作品を書いていることである。例えば、『星のない街路』はベルリンを、『浮漂』は朝鮮を、『谿間《たにま》にて』は台湾を、そして、『不倫』は他の天体を舞台にしているのであって、未知の空間へひたすら赴きたがるこの傾向は、彼がその後実際にヨーロッパを訪れて『どくとるマンボウ航海記』を書きあげたのちにもなおひき続いており、『埃《ほこり》と燈明《とうみょう》』はメキシコを、『遙《はる》かな国 遠い国』は千島とカムチヤツカを作品の背景としている。ところで、これらの未知の場所は、しかし、或《あ》る種の憧憬《どうけい》によって絶えずひきつけられるところの同質の場所といったふうな内的な脈絡と一定の連関があるところではなく、敢《あ》えていってみれば、夜行性の動物が彷徨性《ほうこうせい》の抗《あらが》いがたい力にひきずられて思いがけぬ場所から場所へ過渡的に辿《たど》りゆくところの尽きることとなき《仮設空間》とでもいった性質を帯びているのであって、これは驚くほどの可能性の多様さを私達に示しながらまだきまった個所《かしょ》へ定着《ていちゃく》することもない北杜夫のこれまでの方向を物語る一徴表であるといえるのである。

ここに編まれた作品集に見られるごとく、北杜夫の初期の作品の基底は、山岳と精神病医に直接の関《かか》わりをもっているけれども、しかし、そこに当てられる照明も結ばれる焦点も本来向かうべき一点からいささか離れたところにあるばかりでなく、さらに、思いがけぬほどかけ離れた側面へ向って急速に焦点を移動しようとするところの言ってみれば《八方ずれ》といった傾向を帯びている。そのことは、精神病医に許された特殊な素材を作品化した『岩尾根にて』『霊媒のいる町』『夜と霧の隅《すみ》で』の三つの作品をそこに並べてみれば、明らかである。まったく違った視点とまったく違った分析の方法をもとうとするこの種の多様性は、或る部分に当てられた照明がその直《す》ぐ隣りの部分に向けられればまったく違った意味と様相を示すことを知っているからであり、そして、人生においてあまりに多くのことを考察しなければならぬことを否応《いやおう》なく知っている北杜夫の文学は、当然、たとえそれが困難であるにせよ、考察する文学とならざるを得ないのである。そして、或る不思議な目標に執着する人間の精神の明暗の奥部を考察しようとするこの作品集は、いってみれば、現代という無気味な現実の前に提出されたところのさまざまな違った角度から書きあげることを試みられた精神解剖学序説といった趣きを呈している。

北杜夫の特質は、さて、このように多角から考察しつづける論理の透徹性に対して一種香気に欠けることもない抒情《じょじょう》が或る平均された均質な均衡をとっていることであって、その喜ぶべき特質は初期作品からすでに現われている。『岩尾根にて』『羽蟻《はあり》のいる丘』の二短篇《たんぺん》がそれである。

『岩尾根にて』(「近代文学」一九五六年一月号)は、人間精神の在り方には甘美な孤独があり、また、荒廃へ向かう孤独があり、さらに、偏《かた》よった執念に憑《つ》かれた孤独があることを示した作品である。私達の病理学的な現象は、通常、精神病院の病室で見られるごとくであるけれども、しかしまた、繁忙な生活のあいだにも、自然との格闘のあいだにもそれはかいまみられるのであって、この作品の背景は、単独者である人間が本来避けがたく内包している孤独にふさわしいところの断崖《だんがい》の岩場である。その作中人物は謂《い》わゆる朦朧《もうろう》状態のなかで切りたった断崖をのぼってしまうが、この作品が短篇としてよくできていることは、やがて必ず墜《お》ちるだろうところのその作中人物の未来の姿として、すでに墜ちた屍体《したい》の描写が作品の冒頭に出てくることである。

『羽蟻のいる丘』(「近代文学」一九五六年三月号)は、『岩尾根にて』と殆んど相接して発表されたが、この二つの短篇を併せ読むことは北杜夫の本質理解に役立つものと思われる。私は先に、北杜夫には均衡した論理と抒情の一種の香気をもった統一があると述べたが、さながら透明硝子《ガラス》の向うにある物体のごとくに或る緩衝器を通してゆるやかな衝激が伝わってくる不思議な穏やかさがこの作品中にある。この穏やかな調子は、遠い部分の接写から写しはじめて次第に核心へ迫ってゆく彼の手法の自然さのなかに存するが、そのはじめから会得《えとく》された手法が典型的に見られるのはこの作品であるといえるのであって、まず小さな羽蟻に見いっている女の子に向けられた拡大レンズが、結婚した女とその恋人との現在の心理に移動し、そして、女の子を抱きあげたその男の「お前を殺せたらなあ」という凝縮された一語に表出される核心に不意と到達するまでには、穏やかな自然な盛り上りのカーヴが描かれている。初期の佳作であるこの『羽蟻のいる丘』と『岩尾根にて』のなかに北杜夫の手法の単一な範型を見出《みいだ》す読者は、彼の代表作『夜と霧の隅で』のなかにもその複合化された適用をやがて見出す筈《はず》である。

『霊媒のいる町』(「三田文学」一九五六年三月号)は、都会人ふうな投げやりな憂鬱《ゆううつ》とさりげない発見と抑えられたユーモアが混在している一風変った作品である。一見、何もないようで、再読して噛《か》みしめると味があるといった異色作品である。闇《やみ》のなかの霊媒の少女を眺めながら、エクトプラズム現象や夜光塗料をぬったメガフォンの移動の蔭《かげ》に人間の恰好《かっこう》をした影を見つけたり、つっけんどんだが美しい爪《つめ》をした少女がいる荒涼たる酒場で少女の隙《すき》をうかがって不意にウイスキーの瓶《びん》の口から盗み飲みしたりする黒いユーモアがさりげなくそこに描かれており、そしてまた、町のなかでの小頭《ミクロセファルス》症の観察や、霊媒のヒステリーや癲癇《てんかん》の重積発作や分裂症の昂奮《こうふん》に対する注意など、精神科の医者としての独特な観察が、動物学と精神医学と心理学を学んだ友人との生気に充《み》ちた投げやりな対話のあいだに直接に現われてくる点、これは北杜夫の作品の裡で特殊な位置を占めるものとなっている。

『谿間にて』（「新潮」一九五九年二月号）は、先に記したごとく台湾という未知の場所を背景にした作品である。この作品は、自ら採集したものでなくとも標本をもっているというだけで尊敬される学者とか研究家に対する暗い敵意をもつ下積みの蝶《ちょう》採集家の珍らしい品種を追う熱情と、ついに採集し得た珍らしい品種の蝶を僅《わず》かな不注意から失ってしまう空《むな》しい徒労を描いたところの、これまで、屡々、文学的題材とされたごとき類の一つの敗北の記録であるが、嘗《かつ》て同じように蝶気違いであったという作者自身の気《き》魄《はく》と情熱がそこに注ぎこまれているので、たった独りで高山の奥へまではいりこんでゆく人物の執念に或る迫真性が感ぜられる。なお、これは、発表される前、嘗て私が台湾で少年時代を過したという理由で作者から山中の記述について相談をうけたため、特別の記憶がのこっている作品である。

『夜と霧の隅で』(「新潮」一九六〇年五月号)は、題名の示すごとく、第二次世界大戦が私達の前に露呈した人間性の荒廃の一極限である「夜と霧」命令が実施される状況のなかの或る片隅で起ったひとつのささやかならぬ意味をもった物語である。

強制収容所の日常のなかで人間の精神が次第に無機化してゆき、やがて、ガス室のなかで黒い毛髪と白い骨片をのこす一塊りの無機物となってしまう怖《おそ》ろしい事態は、フランクルの『夜と霧』、また、アラン・レネの映画『夜と霧』が示すごとくであるが、その状況の片隅に精神病者の抹殺《まっさつ》があったことがこの一篇の小説となったのである。それは、この作品中で作者が述べているごとく、一九三三年にナチスが制定した「遺伝病子孫防止法」に発端し、一九三五年のユダヤ人排斥を主眼とする「国民血統保護法」「婚姻保護法」を経て、そしてついに、一九四一年、国家による精神病者の安死術の施行にまで達してしまった事実を骨子としている。

安死術――これはドイツが置かれたごとき戦争の極限状況のなかだけではなく、人生の平穏な日々においても提出され得べきところの謂《い》わばいまなお去りやらぬ人類の夢魔である。けれども、「民族と戦闘に益のない人間」という判定を国家から一方的に下されるところの、戦争と結合し、国家と直結した安死術は、この第二次世界大戦において、ナチスがはじめて実現したものにほかならない。誰《だれ》が誰にとって無益であるか、という基準は、安死術のこれまでの歴史においては病者そのものから申し出られるのをおおよその基本的慣例にしてきたのであるが、自ら判定をくだし得ぬところの病者、即《すなわ》ち精神病者を対象にすることによって、ナチスは《他》が敢えて判定をくだし得るところの安死術の巨大な突破孔を打ち開いたのであった。「民族と戦闘に益のない人間」——この基準は、時と所に応じて、何処《どこ》までも果てしなく拡大解釈できるところのものなのである。

このナチスの命令を前にして、ナチスが制定した基準そのもののなかで考え得るかぎりの抵抗を試みる精神病医たちの姿を描いたのが、さて、この作品『夜と霧の隅で』の主題である。与えられた状況のなかでただ「耐えねばならぬ」ことを知っているこれらの医師たちは極めて狭い領域のなかでの消極的な防衛しか彼等《かれら》にのこされていないことを自覚しており、しかも、狭い領域のなかにおけるその消極的な抵抗とは、精神病患者が或《ある》いは益のある人間になるかもしれないところの何らかの変化を症状の上において明らかに示すこと、つまり、医学的に治癒《ちゆ》の曙光《しょこう》をかいま見ようとする極めて困難で、しかも、積極的な努力にほかならないのである。このような意図のもとに、現在の事態に対して最も悲観的な見透ししかもたない医師さえも捲《ま》きこんで、電気ショック、インシュリン、ロボトミーの療法などを次々に試みては苦闘する医師たちの姿は「夜と霧」の片隅における一つの目立たぬ、しかも、記念碑的な人間性の証明となっているのであるが、また、そこに日本人の一患者が設定されていることは、個体の病気と社会の病気の接点にあるこの知的な物語を私達に関わりのない他国の遠い話という無縁さを感ぜしめないための一つの有力な梃子《てこ》ともなっている。

なお、この作品によって作者は芥川《あくたがわ》賞をうけた。今後どのようなかたちに展開するか予断を許さない北杜夫の才能の多様性は、『どくとるマンボウ航海記』の闊達《かったつ》なユーモアによってむしろ広く認められた観があるけれども、この『夜と霧の隅で』は透明な論理と一種香気を帯びた抒情が美しく融合した初期作品の集大成であるといえよう。

（昭和三十八年七月、作家）

「岩尾根にて」「霊媒のいる町」「夜と霧の隅で」は新潮社刊『夜と霧の隅で』(昭和三十五年六月)、「羽蟻のいる丘」「谿間にて」は文藝春秋新社刊『羽蟻のいる丘』(昭和三十五年十月)にそれぞれ収められた。

新潮文庫最新刊

今野敏著
探花
―隠蔽捜査9―
横須賀基地付近で殺人事件が発生。神奈川県警刑事部長・竜崎伸也は、県警と米海軍犯罪捜査局による合同捜査の指揮を執ることに。

七月隆文著
ケーキ王子の名推理《スペシャリテ》7
その恋はいつしか愛へ――。未羽の受験に、颯人の世界大会。最後に二人が迎える最高の結末は?! 胸キュン青春ストーリー最終巻！

燃え殻著
これはただの夏
僕の日常は、嘘とままならないことで埋めつくされている。『ボクたちはみんな大人になれなかった』の燃え殻、待望の小説第2弾。

紺野天龍著
狐の嫁入り 幽世《かくりよ》の薬剤師
極楽街の花嫁を襲う「狐」と、怪火現象・狐の嫁入り……その真相は？ 現役薬剤師が描く異世界×医療×ファンタジー、新章開幕！

安部公房著
死に急ぐ鯨たち・もぐら日記
果たして安部公房は何を考えていたのか。エッセイ、インタビュー、日記などを通して明らかとなる世界的作家、思想の根幹。

三川みり著
龍ノ国幻想7 神問いの応《いらえ》
日織《ひおり》は、二つの三国同盟の成立と、龍ノ原《たつのはら》奪還を図る。だが、原因不明の体調悪化に苛まれ……。神に背いた罰ゆえに、命尽きるのか。

夜《よる》と霧《きり》の隅《すみ》で

新潮文庫　き-4-1

昭和三十八年七月三十一日　発行
平成二十五年八月三十日　六十八刷改版
令和六年九月五日　七十二刷

著者　北《きた》杜《もり》夫《お》

発行者　佐藤隆信
発行所　株式会社新潮社
郵便番号　一六二―八七一一
東京都新宿区矢来町七一
電話　編集部(〇三)三二六六―五四四〇
読者係(〇三)三二六六―五一一一
https://www.shinchosha.co.jp

価格はカバーに表示してあります。

乱丁・落丁本は、ご面倒ですが小社読者係宛ご送付ください。送料小社負担にてお取替えいたします。

印刷・株式会社光邦　製本・株式会社大進堂

ISBN978-4-10-113101-6 C0193